地 大地 大地 大地 大地 大地 大地 大地 大地 大地

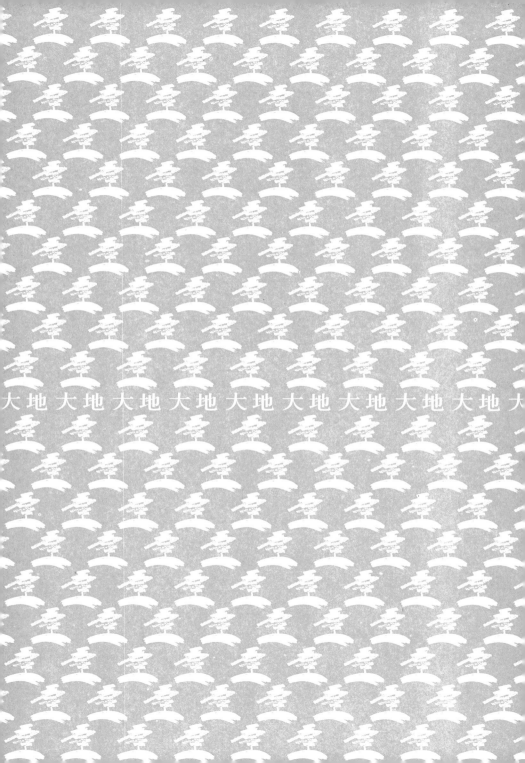

綁架愛情故事

百貨公司

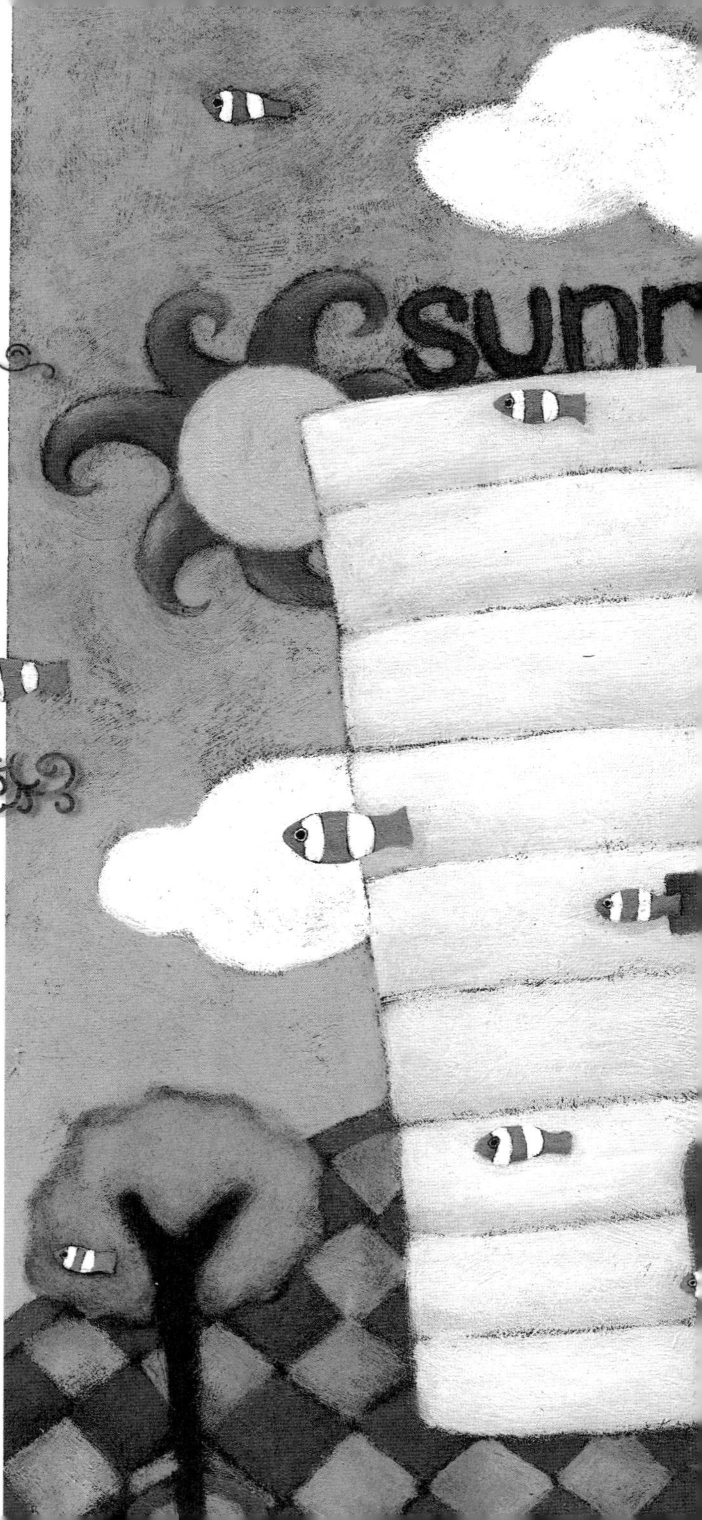

張曼娟
陳慶祐
譚華齡
吳家宜
林怡翠
馬瑞霞
鄒馥曲
吳雅萍
陳國偉
黃文鉅
阿法

是夏天了。

擋住帷幕大樓折射的光，遮掩車水馬龍如焚的熱，

身上的汗水唯有冰涼的空調可以解救；

那麼，就走進夏日百貨吧，

時髦、新奇、流行，都在這裡陳列販售，

歡笑、快樂、遊戲，也在這裡等待發賣。

歡迎光臨。夏日百貨。

SUMMER

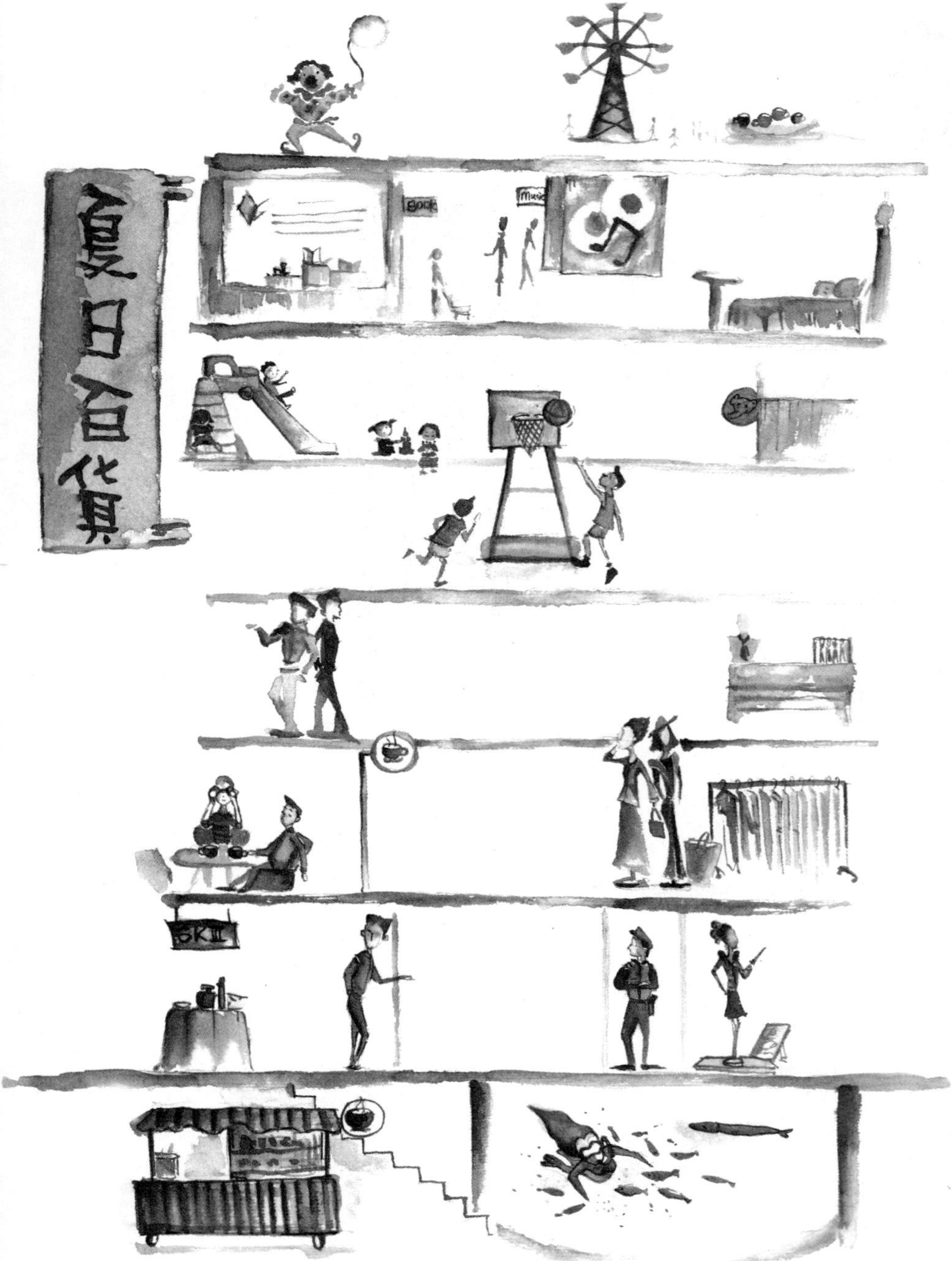
夏日百貨
Book
Music
SKII

六月底星期三下午三點，陽光剛好，廣播響起。

「各位女士，各位先生，歡迎光臨夏日百貨。很抱歉，因為賣場中有一名五歲小女孩走失，我們將暫時關閉所有出入口，報請警方處理。為了方便您的購物，本公司繼續營業，並祝您購物愉快。」

被綁架的小女孩究竟哪兒去了？

目錄 CONTENTS

電梯上樓

歡迎光臨夏日百貨，電梯關門，請小心。
本電梯停靠一樓、二樓、四樓及地下樓。
一樓化妝品專櫃，現正舉辦秋冬服飾特展，您可以看見今年最in的流行風。
二樓仕女服飾，除了服飾專櫃，我們還提供您一座眺望世界的窗口-the cafe。
四樓青春服飾，本公司特別設有室內籃球場，歡迎年輕朋友多多利用。
地下樓附設美食街，現正舉辦美食大賞，歡迎您前往品嚐。

電梯停靠

歡迎光臨夏日百貨，電梯關門，請小心。
本電梯停靠五樓及六樓。
五樓童裝部門，我們有最齊全的童裝品牌及尺碼，並附設積木區供小朋友遊戲。
六樓家居寢具，讓您看見生活裡所有的可能性，還有書店及唱片行提供服務。

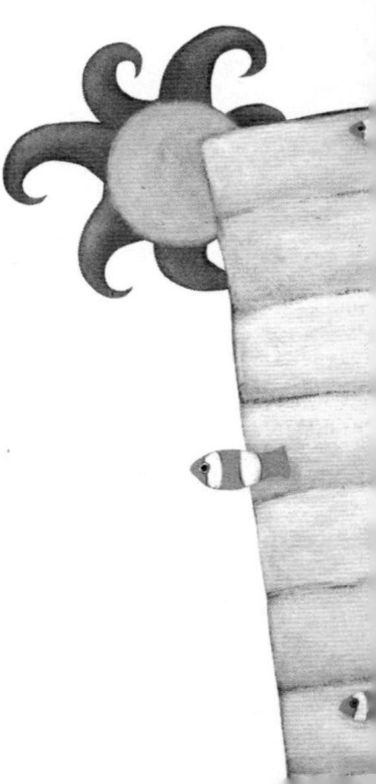

電梯下樓

歡迎光臨夏日百貨，電梯關門，請小心。
本電梯停靠一樓、三樓及七樓。
一樓後方設有平面停車場，方便您的愛車停泊。
三樓紳士服飾，提供紳士名流及社會新鮮人選購西服的專業空間。
七樓頂樓遊戲區，坐上摩天輪，城市風景盡收眼底，還有小丑表演搏君一笑。

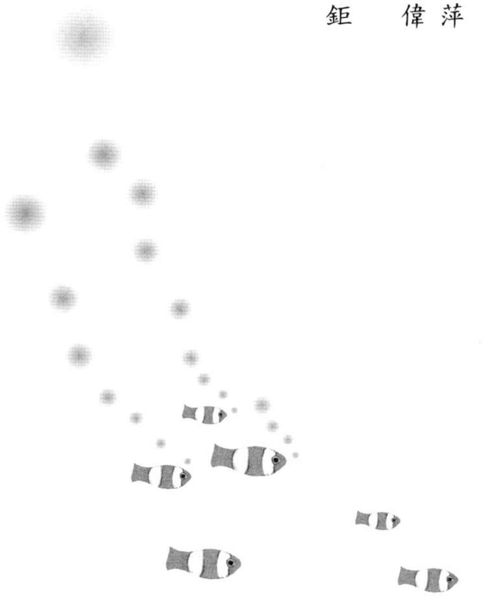

Summer Departmentstor

電梯上樓

歡迎光臨夏日百貨，電梯關門，請小心。

本電梯停靠一樓、二樓、四樓及地下樓。

一樓化妝品專櫃，現正舉辦秋冬服飾特展，

您可以看見今年最in的流行風。

二樓仕女服飾，除了服飾專櫃，

我們還提供您一座眺望世界的窗口-the cafe。

四樓青春服飾，本公司特別設有室內籃球場，

歡迎年輕朋友多多利用。

地下樓附設美食街，現正舉辦美食大賞，

歡迎您前往品嚐。

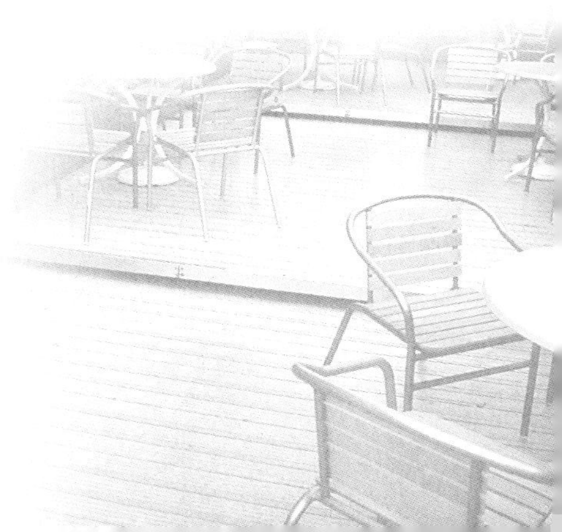

My Baby,Bye-Bye

譚華齡

「各位來賓，非常抱歉打斷您的活動。剛剛有一位身穿紫色斜條紋洋裝、手提有花朵裝飾的提包、短髮的幼稚園大班女孩走失。女童的父母懷疑女童可能遭到挾持或綁架，因此，如果您曾在今天下午看到過這名女童，請儘快與本公司人員聯絡。同時，我們將暫時關閉公司大門，協助女童父母尋找。本公司內部所有專櫃都將照常營業，但懇請各位暫時不要離開本公司，謝謝您的合作。」

一段陌生而冗長的廣播，打斷了伸展台上的表演。原本在台前端坐著的太太小姐們，明顯地表現出她們的不耐。那是當然的，因為本來要走秀的下個model，穿的是秋冬Christian Dior在巴黎的秀場掀起轟動的那款螢光塗鴉及膝裙，而且，愈接近尾聲的秀場，總是讓人充滿愈多期待。「很抱歉打斷各位看秀的心情，接著不妨請各位仔細注意一下，說不定被綁架的小女孩，正藏在台上的模特兒中。」主持人戲謔的口吻，喚回不少已經分心的觀眾。

壓軸的model終於緩緩由台後步出，是今年最有人氣的女model。蓄著短髮、臉上畫著與巴黎秀場上相仿的受傷妝，據說只有17歲。在一片夾雜著笑聲和議論聲的熱潮中，秋冬服裝秀終於在高潮中落幕。

很好。高潮中落幕。如同我的愛情。

六月底最後一個星期三，下午三點，陽光正好。我也是坐在城中的這個百貨公司，觀賞著由本城新興的模特兒公司主辦的秋冬服裝秀的台前觀眾之一，雖然我不止是觀眾。

剛剛喧鬧的人群逐漸往兩旁展示的專櫃走去，看起來，不少人準備跟相熟的專櫃先下訂單，預約下個季節的fashion神經。我還坐在原位，揉揉被散場時乾冰薰癢了的鼻膜。

那個走丟的女孩叫什麼名字呢?如果我沒記錯，剛剛秀開始前，隱約有看到個綁著兩隻辮子、手上提著IPP的小提袋的女孩，會是她嗎?嗯，幼稚園大班，六

歲。如果，那時候沒有把她拿掉，也約莫是這個年紀了吧？

我恍惚地想起與我錯身的那個孩子。

六年多前，我跟他，也是在這個百貨公司認識的。約莫也是這個盛夏時節。

那年，我28歲。

我剛跳槽到代理八個知名服裝品牌的新公司營業部門，負責百貨門市的調度。換季前，我負責訓練每個百貨門市的專櫃人員，透過簡短的課程，要求他們記下本季的流行訊息跟公司旗下品牌的特色。

每天，我則會進出這個城中的四家百貨公司，到櫃上探看營業情況、陳列，或是不定時聽取顧客的反應。當然，我停留最久的，一定是這家櫃位在一樓，競爭最火熱的百貨公司。

認識他那天，下大雨。

當然，這不意外，因為這個城市總是下雨，不算大，卻讓人心情奇差。我照例，在下午三點坐計程車到這家百貨。那天，我穿了件Burberry的套裝和TOD'S的尖頭鞋。

我不算是個記憶力超強的人，但之所以記得這麼清楚，是因為一走出計程車，我的鞋跟竟然打了折。

「小姐，小心！」他衝上前，扶住了我，而一下子失去重心的我，幾乎是整個人撲進他的懷裡。他手上的傘面朝下地滾在一旁，雨不算小，雨水從他的髮際，沿著臉龐滑了下來。

我趕忙撐起自己。「對不起，真是抱歉，我的鞋子給你惹了大麻煩。」這真的很糗，不過我了解，如果這男人沒接住我，我會更難堪。

「不要這麼說，能為小姐服務是我的榮幸。」他說得一點也不輕佻，是我很不熟悉的語氣。我定睛略略打量了他。他是這家百貨的迎賓人員。而且，與其說是個男人，不如說是個漂亮的男孩更加貼切。我向他點頭致意，到一旁休息區坐下，拗斷兩隻鞋跟，在他訝異的眼神中走進百貨公司。

男人只比我小四歲，剛當完兵，初出社會。他長得靦腆，穿著百貨公司俊挺的制服，顯得分外討喜。他總是很禮貌地在門口鞠60度左右的躬。下雨的時候，定會主動為下車的客人撐傘，露出可愛的笑容說：「歡迎光臨，請小心路滑。」

這是我陸續在接下來一個月中，從和他零星的對話中拼湊出的結論。

不過，究竟怎麼開始交往的，我卻不太記得了。大概是在忙完年中慶的某個晚上，他邀我去吃消夜。

接著，就像日本漫畫裡的情節，我們吃了路邊攤的串燒、喝了酒、唱了卡拉OK，也上了床。我把他當作美麗的邂逅，他卻認真地想要照顧起我來。

以前，我以為會到百貨公司上班的男孩子，不是喜歡精品名牌，就是想藉此認識個富家小姐少奮鬥二十年。可是，我非常意外地發現，他不僅不認識CHANEL的雙C logo和山茶花，而且連卡布奇諾和拿鐵都分不出來。

他的生活異常地簡單，物質慾望也低得可以。他衣櫃裡最貴、最正式的一套衣服，大概就是上班的制服。他連浪漫都很純樸，假日的約會他總是坐捷運、轉公車，到我住的半山來接我下山看電影；然後趕在最後一班公車收班前，送我回家。

「你怎麼會想到百貨公司上班呢？」某次我們做完愛，我趴在他的胸膛上，戲謔地問：「是不是，想釣個富家小姐啊？」

他的臉立刻紅了起來，一個勁兒地搖頭：「沒有，沒有，妳看我哪裡伺候得了那些大小姐啊？」「那，到底是為什麼勒？」我進一步追問。結果，他決定到百貨公司上班的理由讓我發噱：原來，他從小就喜歡穿著制服、戴白手套的電梯小姐。「我只是想，她們應該都很溫柔。我想，我應該會喜歡這樣的女生吧。」

是的，他很純情。完全不像在這個城市長大的孩子。我印象中，這個城市裡的男孩都非常精明、懂得計較，不論是付出感情和金錢都一樣。這個城市的男孩習於花俏，連溫柔都有技巧。

但是，他不同。每次，我坐在鏡前化妝，他總是會拿他的大眼睛瞅著我。「看什麼呀？我的口紅顏色不好看嗎？」我總是笑笑問他。「不，是太好看了。為什麼這些看起來這麼普通的顏色，妳能畫得這麼美啊？」其實我經常被恭維，但我知道他並非蓄意恭維，他仰慕我。

其實，我只大他四歲，可是我總是覺得我像是人生的老兵，他卻只是菜鳥。

我喜歡他。喜歡他認真的表白、喜歡他像孩子的眼神；喜歡他容易開心的模樣，也喜歡他對我習以為常的品味讚賞的目光。但是，GAP，卻真實地存在我和

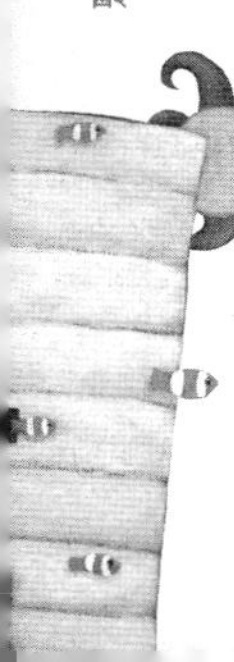

他之間。我的世界不知怎地，跟他如此遙遠。

從開始的第一秒鐘起，我說不出愛。

我不曾愛過他，當時我這麼認為。

那個時候的我，如果不是EPISODE的套裝，就是Donna Karen；我交往的男人，要不是事業有成的中年已婚男人，就是風流倜儻立志單身的愛情行家；我出入的餐廳，不是亞都的巴賽麗廳，就是上新同樂吃飲茶；有個三、四天的假期，不是到香港、東京shopping，就是到沙巴的海灘曬幾天太陽。或許我的愛情太過花俏，但是這些生活細節對我非常重要。我坐二望三、對自己的生活形態滿意到不可救藥。中產階級的滿足感，是我生活的全部。

「Sophie，妳有沒有一點愛我啊？」男人總是用天真的眼睛深情地望著我。

「大概有吧！不過不是最多、不是最少，也不是唯一。」我對他總是坦白得有些無情。「妳真不留情啊！」他笑得帶點無奈，不過很有超越他年齡的風度。「我不想拐你啊，弟弟。」我調侃他的年齡。

他俯過來，吻住我，「我很願意被妳拐！」

我沒想過什麼時候要跟男人分手，或許也是剛巧那一陣子沒有其他的交往對象。在我心裡，這段關係幾乎不算開始。我的愛情，不如說都給了事業和自己。

這個曖昧不明的愛情橋段，在我隨總經理從米蘭、巴黎下單回來後起了波折。我在一陣忙亂後仔細計算，發現自己的月經真的遲了，而且，不是因為時差。

我瞞著公司同事、瞞著朋友，也瞞著男人，自己到婦產科作了檢查。果然，在預料中的，我不小心懷孕了。

「蘇小姐，妳懷孕兩個多月了，可能要考慮，是不是要生下來。」醫師說得很保留，我想，單身就診這種事，對他們來說應該是習以為常的。

跟醫生約好的那天，我一個人，跟孩子告別。

女醫師其實不如想像中冷酷，她用一種無差別的口吻說：「蘇小姐，你睡一下，醒來，就好了。」麻藥的效果則比我想像中來得強，我還來不及說，我想看一眼那個錯身的孩子，就已沉沉睡去。

麻醉的過程中，我沒有如朋友們所說，一直被夢魘所困，我有種一夜無夢的錯覺；醒來後，也沒有陣陣的噁心感，只覺得像感冒初癒。這個與我擦身的孩

子，彷彿與我身份顛倒，以一種母親的包容在對我說：「不要緊，過了就算了。」

結果，我連胚胎的形狀都沒見到。「別看了，看了日後會難過。」醫師用一種經驗豐富的聲音陳述，不是安慰。

拿掉了孩子，我偶爾有些歉疚。不是對男人，也不是對孩子，反而是對自己沒有感到一絲歉疚這件事本身，感到了些許的歉意。對自己的無動於衷，不太諒解。

於是，我選擇離開。

我決定去香港，營業部的亮麗成績讓我得以順利地請調香港總公司。而我直到出發前一天，才告訴男人。「所以，我只來得及送機了。」他回答得很輕。

是的，我選擇離開這個男人、離開我曾經擁有過一〇〇天的孩子；我選擇離開這個島，到另一個島。重新開始。

男人始終不知道有孩子的存在，只是不能理解我的離開。「Sophie，我知道你不夠愛我，可是，也不用這樣離鄉背井地到國外去吧？我，可以離開的。」他說的時候，一定嚥下很多辛酸。不過，我裝作看不懂。

「香港也算不了什麼異地，同文同種，又近得可以，你什麼時候想來，就可以來找我。」我實在無法開口告訴他，就連離開，也不是為了他。

「我大概也要換工作了，那個百貨公司，不想待了。」他說準備去報考國小教師，大概是想離開傷心地吧。小學老師，我想，應該還蠻適合他的。

「嗯。」我像往常一樣，似笑非笑。

他借了朋友的車，送我到機場。

「Sophie，有句話想跟你說。」他彷彿要抓住我的手，又倏地放下。大概，是怕唐突。

「妳不要太ㄍㄧㄥ了。有時候，真實一點作自己，比較輕鬆。」剎時間，我有種被報復的穿透感。

為什麼，在最後一刻，居然讓他看到了事實？

「我不太懂你的意思，我不一直都是這樣嗎？」我怎麼可以在最後一刻敗下陣來？莫名的虛榮支撐我的一切。

「Sophie，妳連自己要什麼都不知道。」他居然露出一個很滄桑的微笑。這是

不是跟我交往的代價?

我沉默了幾分鐘，或許機場的空氣特別乾冷，我幾聲乾咳。「我去給你買瓶礦泉水吧，EVION是吧?」他回復慣常的體貼。

「不，不用了，我該走了。」我的聲音竟然有些瘖啞。

不是難過，只是渴。

他沒有多說，直送我到通關口。「保重。」最後我記得的，是這兩個字。

然後，我們各自走進生命的下個房間。

年前，我從香港回到台灣，再度跳槽，接掌了城中這個營業業績最好的百貨公司的活動部門。挑這裡，除了為了位置、為了薪水、為了證明自己的能力，或許，我還想碰碰運氣，看看是不是還會在這裡遇到他。

這六年，我其實很少想起男人，但在踏進中正機場的那一刻，塵封六年的盒子似乎彈了開來，我的過去，彷彿在跟我討償一個句點。

在已經收拾妥當的表演台前，我又坐了一會兒，心還很飄搖。活動部的組員走來：「蘇經理，場地整理完了，我們幾時開檢討會?」

「嗯，明天吧，今天先協助處理女童的事。」我簡短地交代。其實是無力開會，我心底在苦笑。我隨活動組年輕的組員走向公司的緊急調度中心，無論如何都得關心一下那個小女孩。我一再告訴自己。

走到調度中心服務台前時，我震了一下。

那個站在台前的男人，竟然，就這麼巧的，是他！

今天的我，穿著ARMANI黑色上裝搭配MARC JACOBS今年玫瑰花塗鴉的圓蓬裙，我知道自己的身材維持得理想，加上妥當的妝，我想自己看起來不差；而他還是一樣，不知名的休閒上衣配佐丹奴的牛仔褲，腳上還是ADIDAS的中國強球鞋。

他第一眼並沒有認出我來，六年裡，我大概多了的，是些滄桑。從近處打量著他，他卻似乎一點也沒有變老。我開始想：他是女孩的爸爸嗎？是不是他忙著幫太太挑一份禮物而讓孩子走丟了？還是他忙著買冰淇淋，卻忘了身邊的寶貝？想著想著，我幾乎要笑了出來，他自己都還是個孩子啊！

我走上前去，承辦的事務員跟我打了招呼：「蘇經理，這位陳先生剛剛熱心地提供我們關於走失女童的線索。」

原來，不是他的孩子。

我鬆了口氣。如果，今天走失的，是我跟他的孩子，又會是什麼情狀呢？

走到面前，他終於認出我：「Sophie！是妳啊，幾時回台灣的？原來你在這兒當了經理了！」

我微笑著，反而有些靦腆。「是啊，年前才回來，也沒跟什麼人聯絡。」

「我現在在幼稚園當老師，今天恰巧帶學生來戶外教學。剛剛，似乎有看到那個女孩，被個女人帶進廁所。」

「蘇小姐，原來你們認識啊！陳先生記性真好，還認得那個帶走孩子的女人帶著YSL的太陽眼鏡呢！」辦事員趁機讚美了他。

他一樣地笑，又解釋著：「幼稚園老師嘛，本來就會特別注意孩子。而且我以前也站過大門，多少都比較會注意人。」

我遞了張名片給他，跟他握手致意，他掌心的溫度依稀有點熟悉。

是，幸會了，孩子的爸爸。

「謝謝你。好久沒見，有空的話，出來喝個咖啡？帶著老婆孩子一塊兒？」我禮貌地問候。

他看了看我的名片：「好，我想我太太一定很高興認識妳。她剛剛還一直說，城裡所有的百貨，就是這個百貨公司辦的服裝展最有看頭了。果然不愧是妳的品味。」他靦腆的笑又出現，恭維依舊。

我點點頭，與他擦身走過。這次，是為了離開他。

或許，不止為了離開他。

或許，那個走失的女孩，正是跟我錯身的孩子。

六月底最後一個星期三，下午三點，陽光正好。我在城中的百貨公司拉下的鐵門前，看到一個帶點遺憾顏色的句點。

酒館裡不點燈

林怡翠

樂樂坐在咖啡廳靠窗的位子上，這是一家百貨公司的二樓，人潮快速的流動著，令她煩躁極了。她轉頭看向窗外的街景，好像是凝視另一個世界似地，擺地攤賣衣服和仿冒皮包的女孩，有一頭紅髮和厚底涼鞋，她一直熟練地把被客人翻開的衣服摺好，重覆收錢和找錢的動作，「這是怎樣的青春呢？」樂樂想著。比起街上忙碌著求生存的人，樂樂的確幸運多了，有一個商業鉅子的老爸，年紀輕輕就掌管了一家規模不小的貿易公司，她的人生有什麼好煩惱的呢？

「小姐喝些什麼？」服務生親切地問。

「我說過等一下再點，不行嗎？你煩不煩啊？」樂樂用極不友善的聲音說，用力合上Menu，她無法決定到底要一份草莓派還是櫻花蛋糕。

服務生耐著性子鞠了躬以後離開。

「對不起樂樂，我來晚了。今天店裡客人太多，忙不完！」小苹匆匆地穿過人潮，來到樂樂面前，拉開椅子坐了下來，氣喘吁吁的說。

樂樂沒好氣地哼了一聲，仍注視著窗外挑選地攤的人們。

「妳還沒點東西啊？來一份巧克力蛋糕吧！加了白蘭地，味道很特殊喔，妳不是說妳爸最喜歡加了酒的甜點嗎？」小苹沒有為樂樂的冷漠感到介意，開朗地建議著。

「不准妳再開口提到『我』爸，聽清楚沒有，『我』爸！」樂樂突然用很大的聲音吼著，雖然咖啡廳裡很吵，左右的客人還是回過頭來看著她們。

「樂樂！妳幹嘛啊！宣示主權啊？妳那麼有心，怎麼不去保衛釣魚台？」小苹拉了拉樂樂的袖子，她以為樂樂只是心情不好，微笑著想逗樂樂開心。

「不要嘻皮笑臉，我不是跟妳開玩笑，我是來跟妳談判的。」

「談判？妳是怎麼了啊？妳看清楚，我是小苹，妳從十歲認識到現在的朋友耶！」小苹這才發現嚴重性，樂樂真的是衝著自己來的。

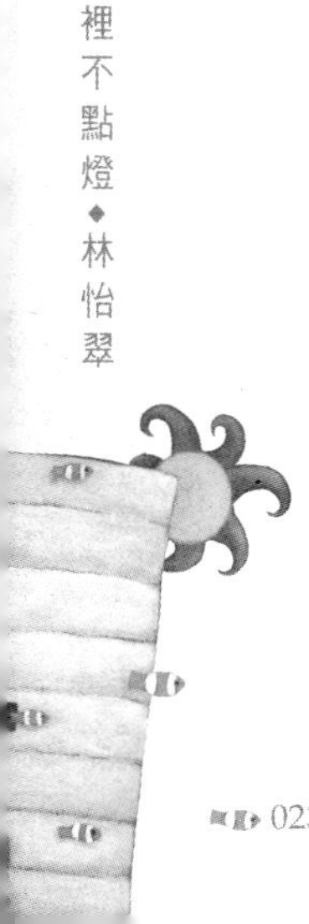

她和樂樂是國小三年級開始同班的同學，樂樂是班上的風雲人物，家長會長唯一的千金，當班長，參加各種演講、書法、作文比賽，樂樂從來沒有輸過誰。從轉學進那個班，小苹就想和樂樂做朋友，但是她總是想到自己身材矮小，功課中等，家裡的經濟環境更是讓她自卑，樂樂這樣被捧在天上的公主，怎麼會和她做朋友呢？

三年級下學期，小苹意外地在運動會的兩人三腳趣味競賽中，與樂樂同組。這是她第一次那麼接近在生活中老是閃閃發亮的樂樂。她們經常在下課後一起練習，樂樂也開始帶著小苹進入她的朋友圈，有了樂樂的照顧，班上同學甚至老師都開始對小苹另眼看待。

「小苹，這個請妳。」樂樂從書包裡拿出一袋各種可愛水果造型的糖果，小苹從來沒有看過這麼精美的糖果，幾乎是看呆了。

「這是我爸去日本東京買回來的。他買了很多，妳不要客氣。」

日本對小苹來說，實在太遙遠了。回家之後她把糖果藏在抽屜裡捨不得吃，每次看到，她就會想起樂樂有一個疼愛她，給她幸福的爸爸。

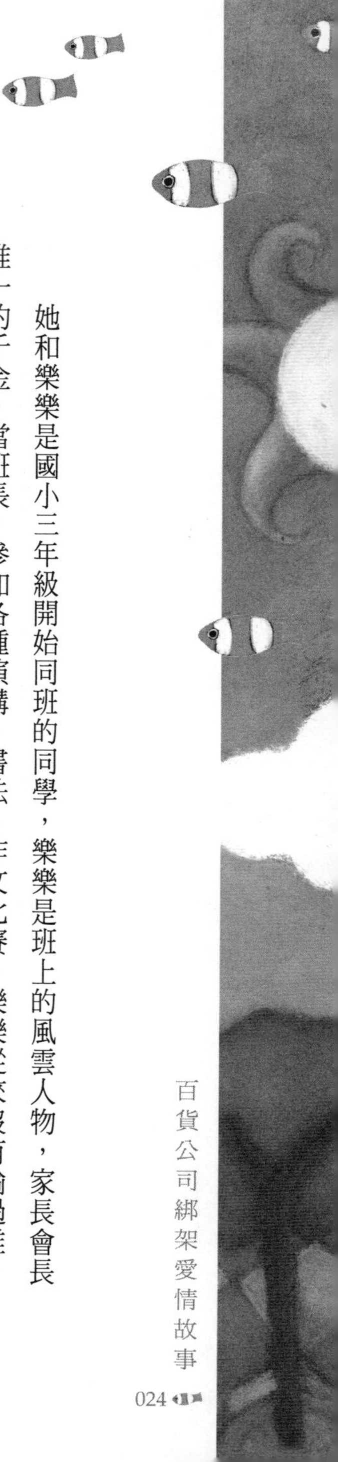

小苹開始要求樂樂，要到她家去玩，她想親眼看一看樂樂的爸爸，到底是一個怎樣的人。樂樂的家好大，有幫傭的歐巴桑，豪華的酒櫃和家具，然而，這些都不吸引小苹，最令她著迷的，是樂樂房間桌上，用透明盒子裝著的銀色自動筆。因為當樂樂向她展示著這枝爸爸從法國帶回來的高級筆時，臉上透露著滿足的光芒，小苹好想擁有那枝筆，擁有那種被爸爸關心的滿足感。

那天之後，樂樂的自動筆憑空消失了，動員家中的每一個人翻遍所有地方，就是找不到那枝名貴的自動筆。「沒關係，爸爸再買給妳就好了。」樂樂的爸爸安慰著她，但是她就是無法高興起來。她非常篤定是小苹偷走了她的寶貝，因為小苹一直詢問著關於這枝筆和她爸爸的事情。

樂樂實在嚥不下這口氣，她趁小苹不注意，把她從學校的樓梯上推下來，小苹摔斷了腿，住進醫院裡。爸爸知道了這件事，把樂樂罵了一頓，這是從來沒有發生過的事，樂樂心裡覺得委屈極了。

「去換衣服，跟爸爸到醫院去，跟小苹道歉。」

「我不要跟小偷道歉。」樂樂哭叫著，她爸爸接著，打了她生平第一次巴掌。

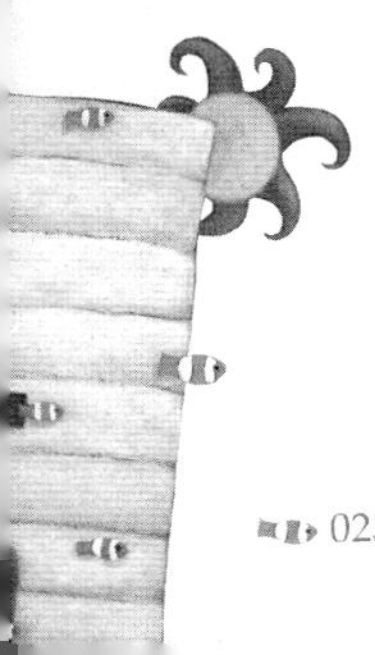

在小苹病床前，樂樂還是不願意道歉，反而是小苹先說了對不起。「對不起，伯父、樂樂，我拿了你們的自動筆。因為我從小就沒有爸爸，所以……。」小苹哭著說，她沒有用「偷」字。

樂樂的父親打斷了小苹說話，他走近去握住她的手說：「小苹，沒關係，就當是伯父送給妳的吧！」小苹點了點頭，享受那片刻，從未有過的親情溫暖。她從來就不知道自己的爸爸是誰，母親改嫁，她是跟著外婆長大的。

但是樂樂並不開心，她不能明白為什麼爸爸不和她站在同一邊，反而幫了那個小偷，從此，她不再和小苹說話了，一直到畢業以後失去聯絡。

三個月以前，她們才又再相遇，眼尖的小苹先認出了樂樂。

從美國讀書回來的樂樂，看著在美容院裡幫人家洗頭的小苹，對於多年前的事情產生了愧疚，相較於自己的富裕生活，她應該要體諒小苹的。樂樂開始每個禮拜到小苹工作的家庭美容院去弄頭髮，以前，她從來沒去過那種地方。

她會故意在小苹面前說些爸爸的事，讓小苹分享擁有父親的喜悅，小苹似乎非常喜歡聽這些，有時會聽得出神，有時會自己添加一些想像。小苹的心情因此越來越好，氣色也跟著紅潤起來。

「妳是不是談戀愛啦？」樂樂忍不住問了神清氣爽的小苹。

「嗯。我在一家酒館認識他的。」小苹紅著臉蛋說。

「大八卦耶！那妳快點告訴我，他是一個怎樣的人？」

「奇怪的人。」小苹說，「我認識他的時候，他一個人坐在酒館最裡面的角落裡喝一人份的白蘭地，吹熄了桌上的蠟燭，整個人幾乎隱沒在黑暗裡面。我問他為什麼，他說，酒館裡本來就不應該點燈的。」

「真的是怪人。後來呢？」

「我也不知道為什麼，他說這些話的時候，好像有很多哲理，我就被他迷走了。後來……。」

「後來怎麼了？」

「……我和他去了旅館。」小苹的臉更紅了，聲音越來越細小，她想說他們上了床，發生了關係，最奇怪的是，他還是堅持要關掉所有的燈，她雖然覺得奇怪，卻還是笑著對他說：「對，旅館裡本來就不該點燈的。」但是現在，她卻不

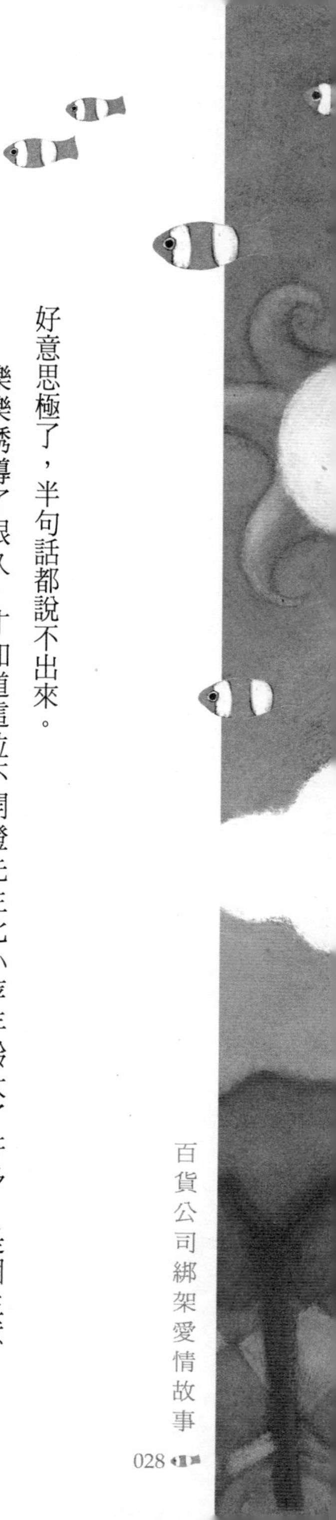

好意思極了，半句話都說不出來。

樂樂誘導了很久，才知道這位不開燈先生比小苹年齡大了許多，是個生意人，除此之外，小苹就沒再說些什麼了。樂樂其實不覺得意外，小苹本來就渴望父親的照顧，這樣子也許是個好方法。

還有一些羨慕吧！雖然擁有爸爸的愛，和富足的物質生活，樂樂的愛情卻不順利，交往了兩個月的男人，在第一次上床以後，開口向她借了一大筆錢，她氣急敗壞地打了他一巴掌，「我本來就是愛妳的錢，怎樣?妳以為妳這種凶巴巴的大小姐會有人愛嗎？」男人撫著臉罵，樂樂沒有被嚇到，冷酷地把他踢出了自己的生活。問題是，她懷孕了，一個人到醫院裡拿掉孩子，孤獨地從麻醉中醒來時，她想起小時候她總是天真的說：「長大要嫁給爸爸。」爸爸是世界上唯一可以依靠的男人，她想，去他的混蛋男人。

現在，樂樂還是凝望著窗外，百貨公司對街那個擺地攤的女孩，大概是警察來了吧，她迅速地把墊在下面的大張布拉起來包住衣服，甩在背後，她的身材不高，加上一雙厚底鞋，跑起來一跛一跛的像隻鴨子，樂樂有些想笑。

「樂樂，妳跟我說話好不好，我到底做錯了什麼？」小苹幾乎用哀求的聲音說。但是樂樂不想回答，她知道自己是來談判的，但是，她還不想太早把事情說出來，「妳再求我啊！我就是要妳受煎熬。」樂樂心裡想，她就是不要讓這個女人太好過。

樂樂覺得自己一生幸福和快樂的基石都被毀了。那一天，她回到家裡聽見母親平常靜修的佛堂裡，傳來不曾有過的吵鬧聲。她輕手輕腳地走了上去，佛桌上香煙繚繞，母親跪在蒲團上呢喃著，卻不是一如往常的誦經。

「你愛去哪就去哪，我沒意見。但是，我不會答應離婚的。這個家總是要維持，不然，樂樂怎麼辦。」母親的聲音很平靜。

「我不會虧待樂樂的，她是我的女兒。但是，這個家是我一手建立的，我有權毀了它。」

毀了這個家？樂樂幾乎不敢相信，一向溫柔的爸爸，對媽媽說出了這樣的話。

「我說過了，你喜歡跟那個女人怎樣是你的事，但是我不會讓你娶那個女人，

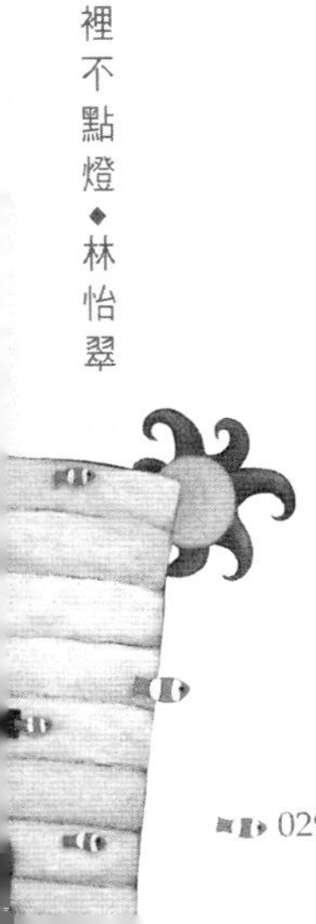

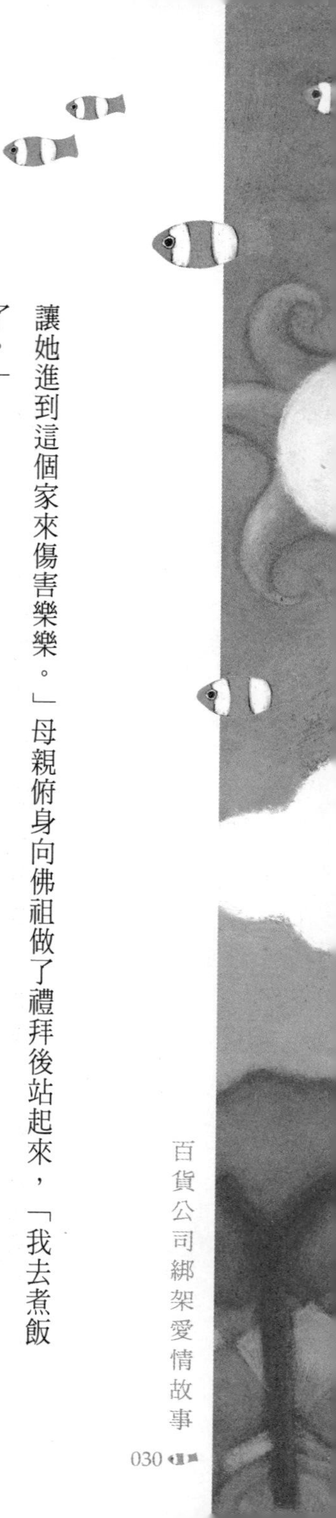

讓她進到這個家來傷害樂樂。」母親俯身向佛祖做了禮拜後站起來，「我去煮飯了。」

「不准走！」爸爸用樂樂從未聽過的命令口氣叫著。「我說不准走，妳聽到沒有？妳以為用吃齋唸佛就可以逃避我，是不是？妳那麼討厭我，為什麼不滾出這個家？」

「你瘋了是不是？」母親說。

爸爸衝過去一把抓住母親的頭髮，大聲叫著：「我是瘋了，怎樣？叫妳的佛祖救妳啊！」

「爸！」樂樂脫口叫了出聲，才發現自己根本就已經淚流滿面。她想起自己從未愛過、尊敬過母親，她總是無趣地說那些「因果報應」的嘮叨，像個女傭般的打理家裡，而爸爸就不一樣了，他總是抱著她玩，給她買東買西。

「樂樂……」爸爸的態度似乎因為樂樂的出現軟化了下來，他鬆開抓著妻子頭髮的手。「樂樂，你聽爸爸說……」

「我不要，你不是我爸爸，你被魔鬼附身了。」

「不是這樣的，樂樂。妳要相信爸爸，我是愛妳的。」他走向樂樂，溫柔地伸出手來要擁抱樂樂。樂樂哭著大叫「我不要」，她用自己從來不知道的蠻力將爸爸推倒在地，她向外面跑去，聽見他一直在後面叫她的名字：「樂樂，我是愛妳的。」他好像哽咽了，但是那又怎樣呢？樂樂心想。

她漫無目的地在街上走了一陣子，才想起可以打電話給小苹。她們相約在小苹曾經說過的那一家酒館，就坐在那個角落的位置，她毫無自覺地吹熄了蠟燭，和小苹融合在四周的黑暗之中。這樣的黑暗，像是一種救贖，把她隔離在世界之外，可以隱藏她的心事。

「妳怎麼了？樂樂。」

「我爸他……他有外遇，為了這件事，跟我媽鬧離婚。」樂樂回答的時候，很自然的望向小苹，她不禁覺得奇怪，因為小苹的臉上似乎閃過一剎那的笑意，但是太暗了，她實在不能確認，也無法解釋。

樂樂決定找徵信社，揪出爸爸外遇的對象，為母親和自己出一口氣，畢竟爸爸是她所有幸福的根源，而如今卻一一崩解了，是這個女人導致了爸爸的背叛，

還是證實了他的背叛，正如天下所有的男人一樣？樂樂想找出一個答案，從小就是這樣的，她不容許任何人從她這裡隨意的取走任何東西。

「樂樂，告訴我，我做錯了什麼，好不好？」小苹仍向樂樂哀求著。

樂樂一直等著窗外那個擺地攤的女孩躲過警察後回來，可是她就這麼消失了，像憑空一樣消失了。樂樂覺得失落，女孩那種身處在世界規則外面的生存方式，讓她產生一種迷茫的感覺，她想像那樣的自由，卻又無法靠近對她而言簡直就是低下的身分。

然而，高尚又如何？她幾乎沒有擁有任何愛。

「都是因為妳。」樂樂睜大眼睛瞪著小苹，指責地說。

她低下頭去，從皮包裡拿出一個細緻的木雕盒子，黑檀木的，刻著漂亮的花鳥。

「怎麼會在妳那裡？」小苹突然全身僵硬起來，顫抖著說。

「怎麼會在我這裡？妳還好意思問？」

小苹伸出手想把檀木盒子搶過來，樂樂抓著它的手高高舉起，露出勝利的笑容。上個禮拜，徵信社的人打了通電話給她，說她爸爸和外遇女子正在旅館約會，問她是要衝進去拍照，還是要進去搜那個女人的家，她選了後者。

那女人的房子是一般出租的小套房，擺設普通，沒有什麼特別名貴的東西。樂樂東翻西找一陣子，卻沒看見什麼吸引她的，除了這只盒子。

樂樂打開盒子，盒子裡平靜而自然地躺著，曾經是她的銀色自動筆。

「原來是妳！」樂樂說罷，把自動筆取出來，朝小苹丟了過去，它掉在地上，彈了幾下，滾進別人的桌下。

小苹流下淚來，說了句「對不起」，立刻蹲到別人的桌子邊，伸手撿起那枝筆。她怎麼能沒有這枝筆？樂樂又怎麼會明白，她是如何靠這枝筆給她勇氣活下來的。十幾年來，她總是回想樂樂的爸爸在病床前，握住她的手說：「就當是伯父送給妳的吧！」那次被體貼的幸福是她唯一的財產。她念國中時，外婆就病倒了，那些日子她是自己撐過來的，誰會知道呢？

「對不起有用嗎？十幾年前我爸為了妳第一次打我，十幾年後為了妳，毀了我的家，為什麼都是妳？」

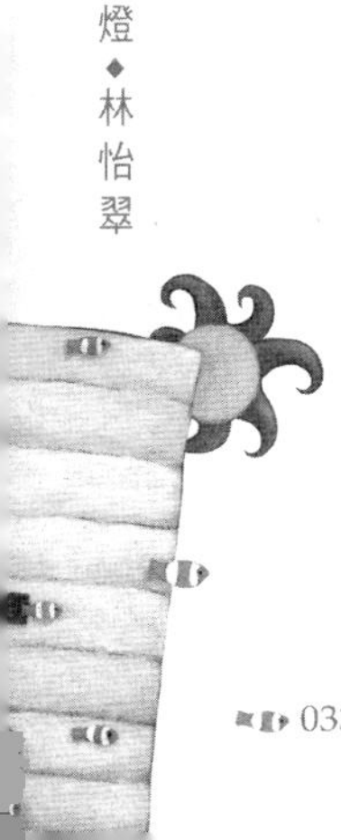

小苹沉默了。從和樂樂相逢以後，每次聽著樂樂述說爸爸的事，小苹總是忍不住心動，她是故意的，和樂樂的爸爸認識、上床，都是她故意的。

「妳心虛？不敢說話了？」樂樂挑釁著。

「那是因為妳說要和我分享妳的爸爸……」小苹用微弱的聲音答著。

「分享？我有說要分享到妳的床上去嗎？」樂樂吼著，店裡的其他人又重新注視著她們。

小苹的眼睛紅極了，她凝視著樂樂，大聲的說：「我們是上了床，那又怎樣？妳知道他為什麼在床上一定要關燈嗎？」小苹全身發著抖，像是傷口被扯住了，除了痛，還有許多說不出口的難堪。

「好幾次，他在朦朧之間叫出了妳的名字，樂樂！妳知不知道……？」

小苹說完，立刻抓起皮包，在樂樂面前掉頭走掉，她把那枝筆和檀木盒都留下來，也把對樂樂的爸爸無可挽救的痴迷留了下來。

樂樂被留在現場，她感覺到世界像是只剩下她一個人了，安靜沒有任何聲響。除了爸爸那一句「樂樂，我是愛妳的」仍然回盪，爸爸說這句話時，是帶著

自轉

陳慶祐

每當計程車行過張禮宗住的公寓，黎藜總會抬起頭來望一望那扇攀著爬牆虎的窗戶，就像是，要望進過去的那段婚姻：幽暗的，透不了氣的，卻也在枯竭黃腐中長出綠色生機。

從前，黎藜只能倚在窗戶邊，看著外面的陽光怎麼努力也照不進自己的生活。那時候，自己怎麼這麼傻？傻到以為，只要等得夠久，張禮宗就會回頭。

黎藜搖搖頭，走下計程車，進入夏日百貨。上樓之前，她看見一個頭披紫棕色假髮、眼戴墨鏡的女人。

這個女人的神情像是在哪裡見過。只是，黎藜想不起來了。

四樓青春服飾，室內籃球場裡，永遠有意氣風發的年輕人三個三個找人鬥

牛，黎藜經營的腳踏車專賣店就在球場旁邊。

「黎姐。」工讀生小樹喚了她一聲，又低頭看書了。

「要考試啊？」黎藜問。

小樹點點頭。

「我就說嘛，你怎麼可能這麼用功，原來是臨時抱佛腳。」

小樹不好意思地摸摸頭，臉馬上紅了起來。

年輕就是這樣，薄得像張紙，什麼情緒都藏不住。

恍然之間，黎藜看見小樹的臉上疊著另一個人的臉。面若敷粉，白裡透紅，閃著青春的汗漬。

褚湘菱。

黎藜又想起她了。

那是一間健身中心的飛輪教室，穿著寬鬆衣褲的黎藜惶惶然站在一台腳踏車旁，不知如何是好。

「第一次上課？」教練走到她身邊，低聲問著。

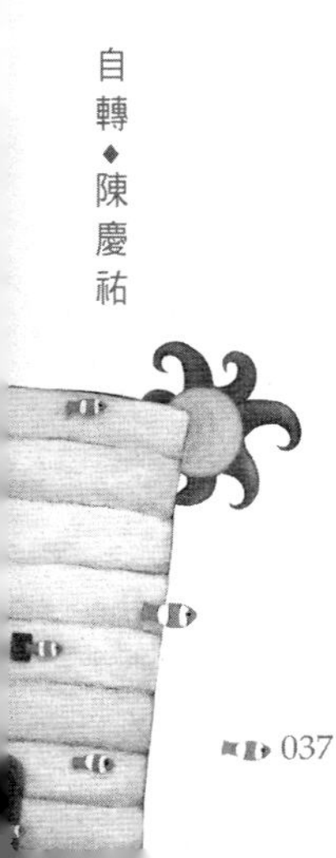

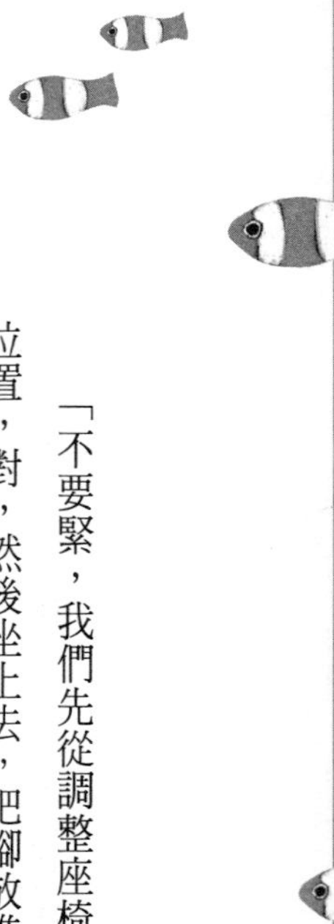

「不要緊，我們先從調整座椅開始。妳先站在腳踏車旁邊，把座位調到胯骨的位置，對，然後坐上去，把腳放進踏板，綁緊，好，再來……」

教練一個動作一個動作地教著，黎藜糊里糊塗地學著，她根本不知道，自己為什麼會在這裡？為什麼會來上這個課？就是張禮宗莫名其妙替她辦了會員卡，她放在櫃子裡動也沒動；直到有一天，她倚在窗邊等張禮宗回家，發現他本來下了計程車，又被一隻纖瘦的手拉回車上。計程車離開黎藜的視線之前，她看見車上的那個女人穿著一件T恤，T恤上寫著這家健身中心的名字和標誌。就這樣，她翻箱倒篋把卡找出來，走進這家健身中心。黎藜哪知道要穿什麼衣服？隨手把睡衣、睡褲穿出來，進了這間教室。

「好，各位同學，我們先輕輕踩動踏板，深呼吸，記得，要用肚子呼吸，把肚子凸出來，對，讓身體放鬆，像是走在森林裡面。」

本來，黎藜是想來看看，會不會遇上那個把丈夫拉上計程車的女人，等到進了健身中心，黎藜才發現，這裡到處都是女人，她根本不可能認出那天看見的那個背影。

「好，把阻力加一圈，我們要開始旅行了。」

突然，黎藜聽見一聲吟唱，一個一個高音，像是淋了雨的荷葉彈跳著水珠的聲響，悠遠的、輕揚的、脫俗的欸乃，黎藜想知道，這是哪來的聲音？這又是什麼聲音？

她看著前方，發現教練也在看她。

「這是鯨魚的歌聲，」明明隔了許多人，卻又像一陣耳語，教練說：「跟著鯨魚，我們要上路了。」

教練將燈轉暗，留一盞像太陽的光亮，恰恰照在黎藜前方。

黎藜踩動了踏板，像是要跟著鯨魚，跟著太陽去流浪；音樂聲一轉，轉出了彩虹，黎藜的車在熱帶雨林的闊葉間奔馳著。淺淺的水，低低的蟲鳴，遠方有一種寬闊的鼓聲，重重擊在黎藜的心底，動！動！動！黎藜想放開步伐去奔跑，想踩著自己的影子去嬉戲，想……

「好，再來是爬坡，阻力再加兩圈，我們一起越過這座山去看雲海。」

音樂又開始了。這回是螢火蟲的點點星光，照亮黎藜的過去未來。黎藜忙著

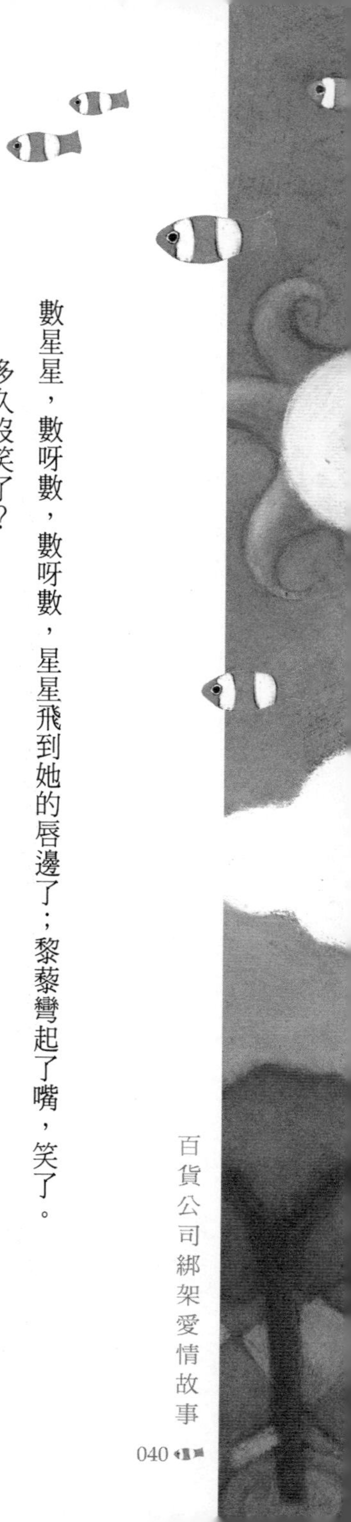

數星星，數呀數，數呀數，星星飛到她的唇邊了；黎藜彎起了嘴，笑了。

多久沒笑了？

就這樣，黎藜汗水淋漓地運動著，就像在學校時打排球校隊一樣，黎藜彷彿可以聽見同學的掌聲，像潮水一般湧著。大家都說，黎藜畢業後會到大城市裡打排球，將來，就是國手了。真的，黎藜來了城市，卻是被母親命令嫁給了世伯的姪子張禮宗，再也沒碰過排球了。同學聽見她嫁給了企業小開，又紛紛說女人最緊要的就是一段好姻緣，嫁得好的女人不用在外面拋頭露臉，比排球國手強多了。黎藜聽著，以為自己是幸福的；一個事業有成的丈夫，一個端莊賢淑的妻子，還有什麼更幸福的事？

但是，她怎麼也沒想到，自己是個生不出孩子的女人。

還有什麼更糟的事？

做完了放鬆操，教練說要下課了，可是，黎藜的腳卻滑不下踏板，看著同學魚貫走出教室，她有些慌，急忙扭動身體，想要擺脫踏板……

「別急，」教練走到她身邊，蹲了下去，鬆開踏板的束縛。「這樣就行了。」

「謝謝。」黎藜說完，就走出教室。

匆匆洗了身子，回家以後，黎藜怎麼也忘不掉這樣特別的一堂課。那真是一趟美麗的旅行啊，她原地踩著飛輪，心卻去了遠方，黎藜決定，還要再去上課。

第二天，黎藜走進健身中心，卻看見張禮宗靠在櫃台前，跟一個女人有說有笑。

「老公，」黎藜走到張禮宗面前。「你怎麼在這裡？」

「我、我、我、」黎藜從來沒有看見張禮宗這樣一張不知所措的臉。「我，我來看看妳有沒有來這裡，怎麼樣？課上得如何？」

他在說謊。張禮宗根本不知道黎藜來上過課。黎藜看見，那個挑染橘紅髮色、穿著制服的女人悄悄離開了櫃台。

「他們的飛輪課不錯。」黎藜說完話，彼此一陣尷尬。「那，我進去上課了。」

轉過身子，黎藜彷彿可以感覺張禮宗鬆了的那口氣，吹在她頸上。

好寒。

進到更衣室之前，黎藜瞥見，張禮宗領著那個女人走出健身中心大門。

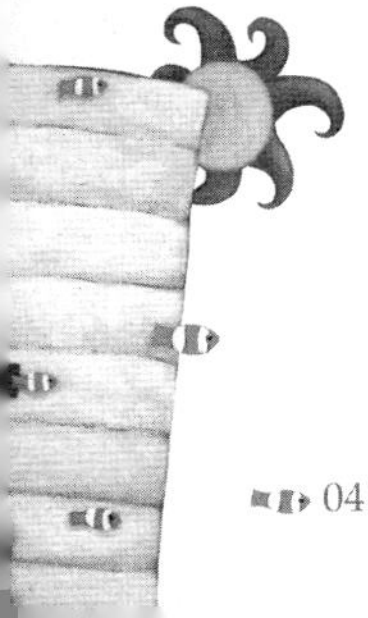

已經上課了，黎藜心底還雜草似地長了一堆心事；音樂響起，她才忽而轉醒，然後看見，教練站在面前。

「妳，還好嗎？」

「嗯。」黎藜點了點頭，眼淚在眨眼的瞬間將教練淹沒。

教練沒有說話，騎上自己的腳踏車，看著黎藜，說：

「各位同學，我們又要開始去旅行了，記得，把煩惱放下，才能讓自己更輕盈喔，let's go！」

一陣流水淙淙將黎藜包圍，她聽見，遠處有魚蝦歌唱、水草和音、蚌殼伴奏，黎藜想親近，努力踩著踏板，歌聲卻愈來愈遠。不要離開我，她說，不要離開我，歌聲卻從此渺渺難辨。不要離開我，不要離開我……

黎藜成了一尾魚，在水裡看不見眼淚。

黎藜哭著，哭著，從課堂開始，到結束。只有一雙眼睛，看著她的墜落的淚滴。

下了課以後，黎藜將自己浸入三溫暖的池水裡；按摩水柱沖著她的身體，像

男人的撫摸，可她的男人已經許久不曾這樣撫過她的身體。

只是，他不知道這樣撫過多少女人的身體了。

「還好嗎？」

黎藜抬起頭，看見一個裸著的女人的身體，渾圓而高挑，浸入池中，坐在她面前。

「教練。」

「叫我湘菱吧。妳今天好像心情不好。」湘菱說話的時候，眼神電一般閃過黎藜的身體。

「……還好……」

「妳的肩膀有顆痣，」湘菱說：「肩膀有痣的人一生的擔子都很沉重。」

她說話的樣子，讓黎藜想起爺爺。黎藜對爺爺最清楚的影像，就是他摸著小黎藜的頭髮，說：

「粗髮。孩子，妳將來的命很硬。」很蒼老，很蒼老的聲音。

爺爺說對了。湘菱也說對了。

黎藜沒有說話。湘菱也沒有。

水氣氤氳，女體橫陳。她們只是對坐著，看著彼此溼了的髮，貼著紅潤的臉頰。

就像，做過愛的臉頰。

「黎姐？黎姐？」

黎藜恍然回神，看見小樹擺擺手，在她面前舞著。

「怎麼了？」

「妳怎麼擦腳踏車擦到發獃？」小樹問。

「沒、沒事……」

驀地，一個女人的身影晃過黎藜眼前。就是那個紫棕色假髮、黑墨鏡的女人，只是，這一次女人拿掉了假髮和墨鏡，牽著一個小女孩的手，倉皇地往樓上走。女人走起路來，雙肩微弓，像是天寒地凍中的獨行老嫗。

黎藜想起來了。有一個人，也是這樣走路的。

潘玉梅。

「妳根本不愛湘菱，妳只是玩弄她的感情。」潘玉梅說：「我調查過了，妳結過婚，妳根本就不愛女人。」

一爿腳踏車專賣店正在裝潢，工人們四處忙著。但是，這一刻，所有人都停下動作，想聽聽老闆娘跟這個女人不尋常的對話。

「妳知不道，我跟湘菱在一起五年了？妳知不知道，我們就要一起移民去荷蘭？去一個可以接受我們婚姻的地方？是呀，我們結婚了……」潘玉梅摘下了墨境，一雙大眼睛狠狠地盯著黎藜。「喔，我忘了，妳才剛離婚，婚姻對妳來說，什麼都不是。」

黎藜看見，兩串淚珠斷了線似地滾出潘玉梅的眼眶，滑過她豐盈的臉龐。女人的淚水真美。湘菱也是這樣才愛上黎藜的，不是嗎？

上過了幾次飛輪課，黎藜和湘菱都在課後一起泡澡。黎藜沒什麼朋友，滿漲的情緒無處紓發，就一點一滴地說給湘菱聽。

「妳愛他嗎？」湘菱問。

都幾歲的人了，還有什麼愛與不愛？愛？不是小女生的白日夢遊戲嗎？

「不，不是的，愛一個人，」湘菱看著黎藜的眼睛。「妳會想跟他天長地久。」

天長地久可以用想的嗎？黎藜以為，嫁給一個男人就是地久天長了。

但是，黎藜真的不想跟張禮宗地久天長。現在這樣的苦日子，拖一天都太多了。她只是不知道，除了拖著，她還能怎麼辦？

「跟他離婚。」

湘菱的語氣像是法官在宣判，但是，多了一點點輕跳的喜悅。

黎藜在湘菱的教導下，慢慢搜集張禮宗出軌的證據。她買了一個電話錄音機，錄下張禮宗和幾個被喚作「honey」的女人露骨交談。她還一一過濾張禮宗身上的發票，那個他說去應酬的晚上，原來是一頓兩人的法式燭光晚餐，和一盒戴銳斯的保險套。

黎藜把這些交給了湘菱的朋友，王律師。

「妳要怎樣？」

律師樓裡，張禮宗完全是個陌生人了，連抽煙的模樣都讓黎藜感覺生疏。

「她要離婚。」王律師說：「你名下一半的財產歸她，另外，每個月要給付贍養費。」

「休想！」張禮宗一個字、一個字地從牙縫裡擠出怨怒。「生不出孩子的女人，我沒休了她就不錯，還敢跟我談離婚條件？」

「那麼，」王律師的聲音冷靜而平和。「我們法院見。」

當然，黎藜勝訴了。她帶著一大筆錢，離開那扇攀滿爬牆虎的窗。

那天晚上，黎藜請湘菱和王律師吃飯。黎藜喝了一些酒，想讓自己醉；明天以後，她就是個失婚的女人了，家鄉的父母、同學又會怎麼閒話她？

「藜，不要再喝了，」湘菱喚她的聲音，像是孩子喚著從小一起長大的寵物，親膩中帶著信靠。「我送妳回家。」

「我沒有家了，」黎藜說：「妳忘了？我已經是個沒有家的女人了……」

黎藜靠著湘菱的肩膀，低低抽泣。黎藜沒有醉，她只是，想要藉著酒意，確定些什麼。比如說：這世界上是不是還會有人愛她？

她明白湘菱泡澡時對她滿懷慾望的眼睛。如果，她可以是個休掉丈夫的女人，她又為什麼不能是個愛上女人的女人？

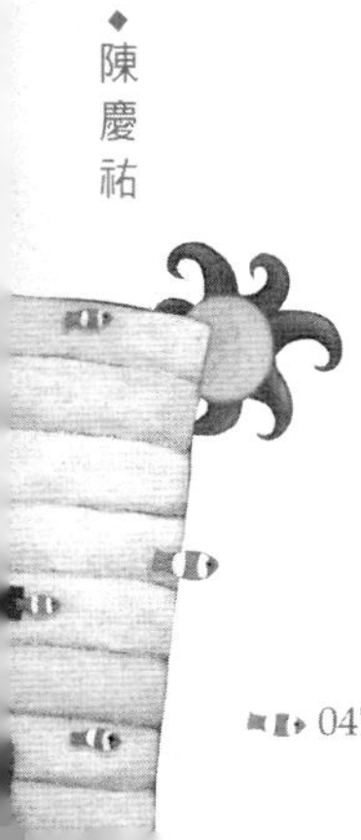

生命對黎藜來說，已經是脫軌的行星，她想要知道，自己的星球會往哪裡去？是墜落？還是繞著另一顆星球？

湘菱攙著黎藜走進一家賓館。關上房門的剎那，黎藜有一絲悔意，如果是個愛她的男人，會不會更好？

但是，當湘菱的唇吻上她的，黎藜什麼都忘了。除了欣喜。

那雲朵一般香甜柔軟，花朵一般清新芳香，湘菱的舌尖挑著黎藜的上唇、下唇、舌尖。這是吻。

從前，張禮宗只會用充滿口臭煙薰的嘴，吸住黎藜的唇，然後粗暴脫下她的衣裳。黎藜還以為，做愛都是那樣的。

湘菱的唇往下游移，挑起她的乳尖，黎藜忍不住驚呼一聲。

瞭解女人身體的，真的只有女人。

湘菱的手進入她的身體，黎藜弓成一彎弦月；黎藜半闔的眼看見房間頂上的鏡子裡，她和湘菱，成了一個太極。

就這樣，黎藜的星球離開了張禮宗，繞行著湘菱的星球。

「我想要拿張禮宗的錢開一家店。」黎藜跟湘菱說。

「想開什麼店？黎？」

「腳踏車專賣店。」黎藜說：「把我從婚姻裡解救出來的英雄，也是騎著腳踏車。」

「黎，我不是英雄，解救妳的是妳自己。」湘菱摸著黎藜柔順的髮。「而且，我騎的是飛輪，不是腳踏車。」

「還不是一樣。只是腳踏車會往前走，飛輪被固定住了。」黎藜貼著湘菱的頰，索求她的吻。

那天以後，找地點、談價錢、請裝潢都是湘菱在忙，黎藜只有偶爾到現場看看。

就這樣，黎藜遇上了潘玉梅。

「妳知道嗎？在這個圈子，五年就是一輩子，一輩子了……妳愛的是男人，又何必跟我爭湘菱？」潘玉梅說：「我和湘菱許過承諾，要天長地久的……」

湘菱說過，愛一個人會希望跟他天長地久。她知道，潘玉梅愛著湘菱，那

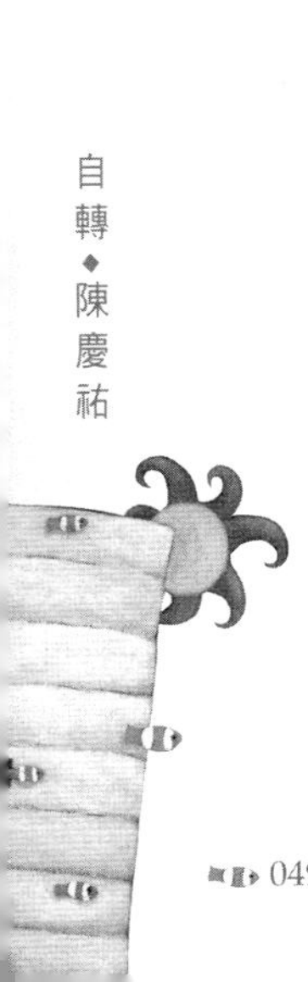

麼，許了承諾的湘菱也是愛著潘玉梅的。

黎藜終於明白，為什麼那個晚上湘菱沒有帶她回家，而是去了賓館。

「黎姐黎姐，」小樹慌慌張張跑過來。「剛剛我去結帳的時候，櫃台妹妹跟我說，我們百貨公司裡面有個小女孩走失，可能是被綁架……」

話還沒說完，廣播就響起。

走失的小女孩白衣、白裙，綁兩根辮子，黎藜想到，那個紫棕色頭髮的女人後來牽著的，就是這樣的女孩。

她趕緊打內線，告訴樓層主管，那個女人往樓上去了。

「黎姐，妳的記憶力真好，看過的人就記住了。」小樹佩服極了。「要是我有妳過目不忘的記憶力，就不用怕考試了。」

「小樹，等你再長大一點，就會知道，記憶太好不是件好事。」

湘菱盯著她的肩膀說，肩膀有痣的人負擔重。湘菱撫過她的裸背說，女人背後這兩片骨頭是用來長翅膀的。這些，能不能遺忘？

能不能，忘了自己愛過人？能不能，忘了自己被愛過？

「我忘不了張禮宗。」歡愛之後，黎藜背著湘菱。

撫著黎藜的湘菱的手，僵在股間。

「藜，不要鬧了。」

「我不是在鬧，妳難道看不出來，我需要的是男人？我和妳在一起，一點也不快樂！」黎藜坐起身子，看著湘菱。「妳是個女人，我要怎麼去跟別人說，說我男朋友是個女人？」

「藜……」湘菱想起了什麼，試探性問道：「是不是，妳知道了什麼？還是，什麼人跟妳說了什麼？」

「……妳在說什麼……我聽不懂……」黎藜旋身起床，套上衣服的剎那，她揮手抹乾了眼眶裡差點溢出的淚水。「我們，就到這裡吧。」

「為什麼？我不懂，為什麼？我知道妳愛我，妳為什麼不承認？」

「明天，我就會把這個房子退租，腳踏車專賣店我也不開了。」

「……藜，我向妳認錯，這不是我唯一的關係……妳一定是知道了，所以……」湘菱說：「還是，還是玉梅跟妳說了什麼？我跟她早就該結束了，她就是不

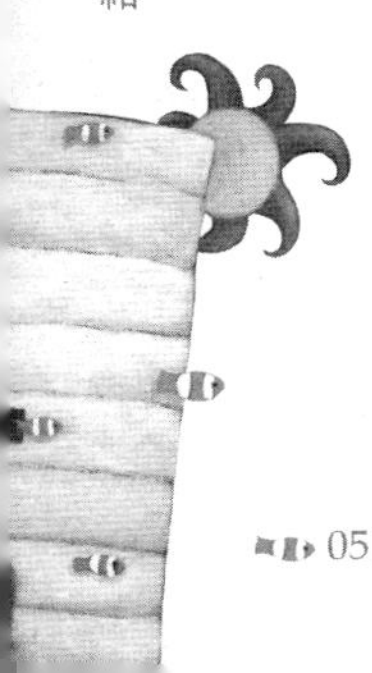

肯正視……」

「我不要聽，我不要聽。」黎藜摀住耳朵往門外衝。

衝出屋子，黎藜才想起，那是她的新家，離開那裡，她再也沒有去處。

又一次，黎藜成了沒有家的女人。

潘玉梅跟湘菱移民去了荷蘭。離開那天，黎藜去機場送機，這是她和潘玉梅的協定，但是，她不能讓湘菱看到。

「謝謝妳的成全。」潘玉梅趁湘菱去廁所時，偷偷踱步到黎藜身邊。

「祝妳們幸福。」

「我們會的。」

潘玉梅離開的背影是孤單的。黎藜明白，儘管自己退出了，潘玉梅仍然沒有把握留得住湘菱。

湘菱說過，女人背後的兩片骨頭，是用來長翅膀的。但是，湘菱沒有翅膀，潘玉梅沒有翅膀，黎藜也沒有翅膀。

真正愛過的女人，是願意折去翅膀，換一個情人的擁抱。

「小樹，小女孩還沒找到，客人也不能離開百貨公司，我們就來做大拍賣吧。」黎藜說：「咱們一輛一輛喊價，誰價錢出得最高，我們就賣給誰。」

「聽起來不錯喔。」小樹問：「那要從哪一台開始喊起？」

「架上那台吧。」

「好，我去拿。」

黎藜一個人飄盪了幾年，又把湘菱請人畫的設計草圖拿出來，頂了夏日百貨的這塊空間，經營腳踏車專賣店。偶爾，她也到那家健身中心去騎飛輪，她告訴自己，沒有任何懷念湘菱的意思，她只是愛上騎車的汗水淋漓感覺。有幾次，黎藜在夢中遇見湘菱，夢見她在阿姆斯特丹運河間騎著腳踏車；湘菱張開雙手，和風、花瓣吻一般輕輕疏過她的指尖；在夢裡，黎藜瞇起了眼睛，她看見，湘菱背後的兩片骨頭長出了翅膀。

「請問……」

黎藜聽到一陣熟悉的聲音從背後傳來。那個聲音，連夢裡都渴求聽見。

「請問，妳是店長嗎？」

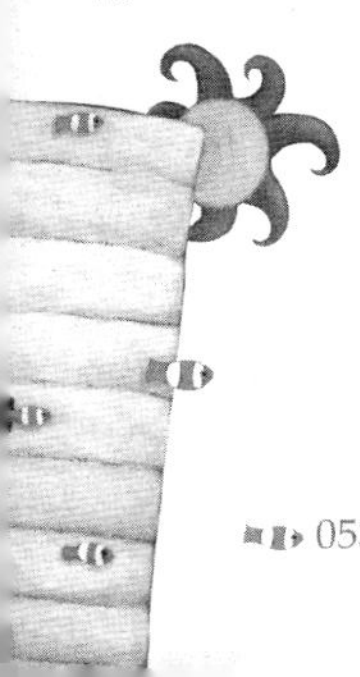

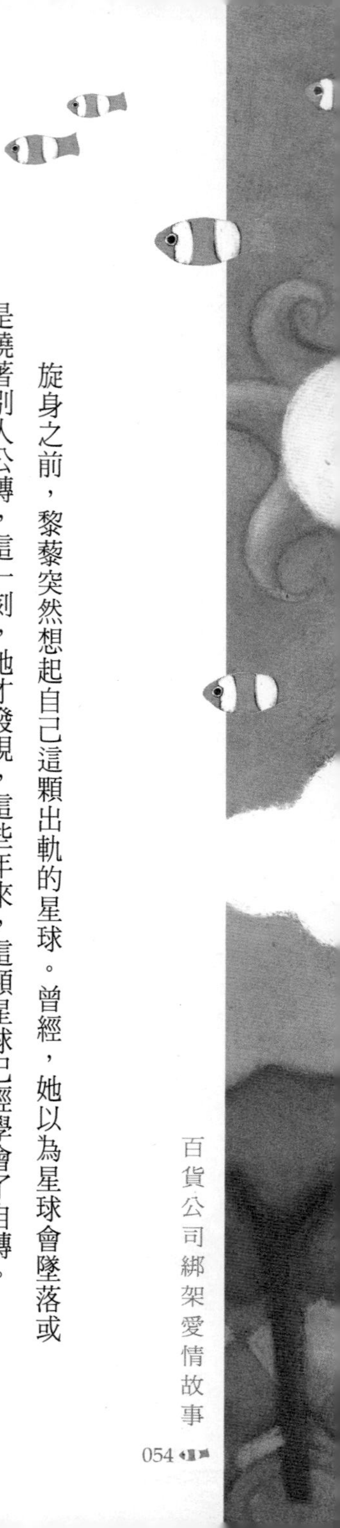

旋身之前，黎藜突然想起自己這顆出軌的星球。曾經，她以為星球會墜落或是繞著別人公轉，這一刻，她才發現，這些年來，這顆星球已經學會了自轉。

黎藜轉身。

幸福的豆沫子

馬瑞霞

「阿晶，又不吃飯啦？」

「天氣這麼熱，吃不下。」

「妳們年輕小姐，愛漂亮，成天減肥，小心減出毛病來。」

碧姊在這家日系百貨服務了四年餘，之前站二樓的少女櫃，後來被調到三樓的仕女館，我和她站同一櫃，成天面對大腹便便的孕婦，推薦適合的款式並介紹流行的風潮，偶爾三姑六婆一下：「妳的肚子尖，一定生男孩」或「妳的肚子圓，一定生女娃」。不過有些人聽不中意，我也說得少了。「雖說時代不同，重男輕女的觀念還是有的，妳剛來，聽我怎麼說，學著點。」畢竟是四個孩子的媽，每當和客人聊起孩子經，碧姊簡直成了生產教主。

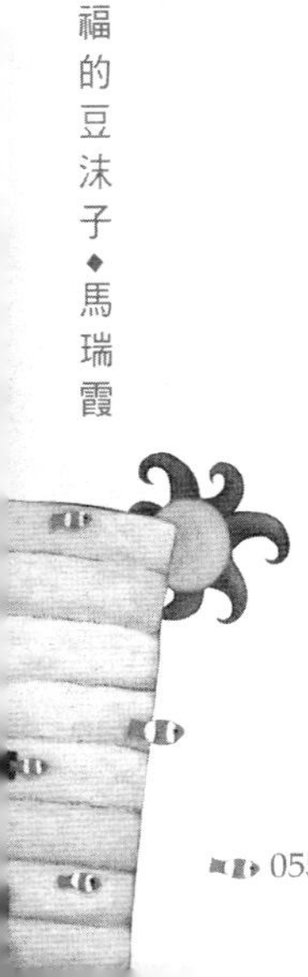

「來，我今天帶了稀飯，夏天吃這個最開胃。」

碧姊端出豆腐乳、肉鬆、小魚花生還有她自己拌的皮蛋豆腐，雖說清爽可口，卻給我一種步入老年生活的遲緩感。

「吃這些不會胖的啦！來，嚐一口。」碧姊為我舀了一瓢豆腐，「怎麼樣？」

「真好吃！」我馬上動起筷子。

「在樓下美食街的北方麵食買的。」

「北方麵食？他們的水餃皮厚得像水管，湯麵糊得像麵疙瘩……」

「妳都吃過啦？」碧姊滿嘴塞滿豆腐。

「我只是想還有什麼更難吃的。」

「有這麼慘嗎？」

一個戴著棒球帽的男孩，插入我和碧姊的談話。他卸下肩上的厚紙箱，橫放在桌中央，霸氣地佔了我們之間的位置，外邊的熱氣自他的袖口散軼，冷氣通風口衝著他的背脊，陰乾的汗暗下一塊色澤，貼住後背的肉，顯得那一地帶特別厚實。

「阿晶，他是小豆，妳吃的豆腐都是他做的喲！哎，我要的都帶來了吧！」

「一個都沒少，我還特地為碧姊做了花生豆腐，別人可沒的。」小豆取出兩罐豆腐乳和豆皮、豆包，最後端出浸在冷水盒中的花生豆腐。

「費不少工吧！真謝謝你啊。」碧姊眉開眼笑地接過花生豆腐，那顏色灰白白的，表皮晶亮，感覺比果凍還滑溜。

「妳要不要來兩塊，好吃再買。」小豆突然轉向我，這會兒我才看見他生得白，兩道眉格外濃黑。

「呃……」

「碧姊，其他的請妳幫我分一分，錢拿給我哥，我得趕快回去了。」小豆把花生豆腐往我這兒一擱，和碧姊說完話，旋風似的離開。

「這……是送我的嗎？」

「是囉！我向小豆買了這麼久的豆腐，他也沒送過我，帶回去嚐嚐，這可是用花生做的喔，別地方買不到的。」

我一向不吃宵夜的，自從體重突破五十五後，一切飲食都清淡起來。站櫃不

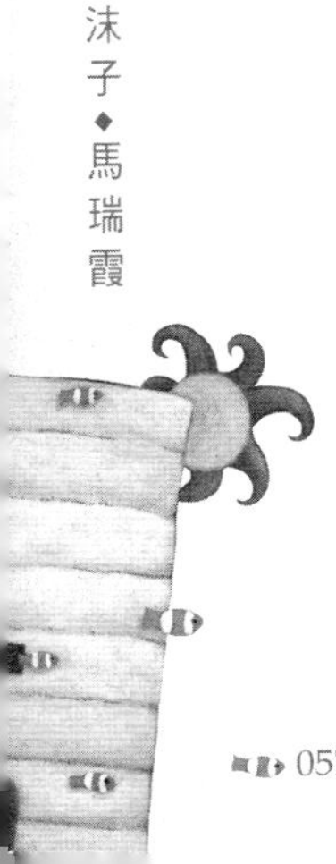

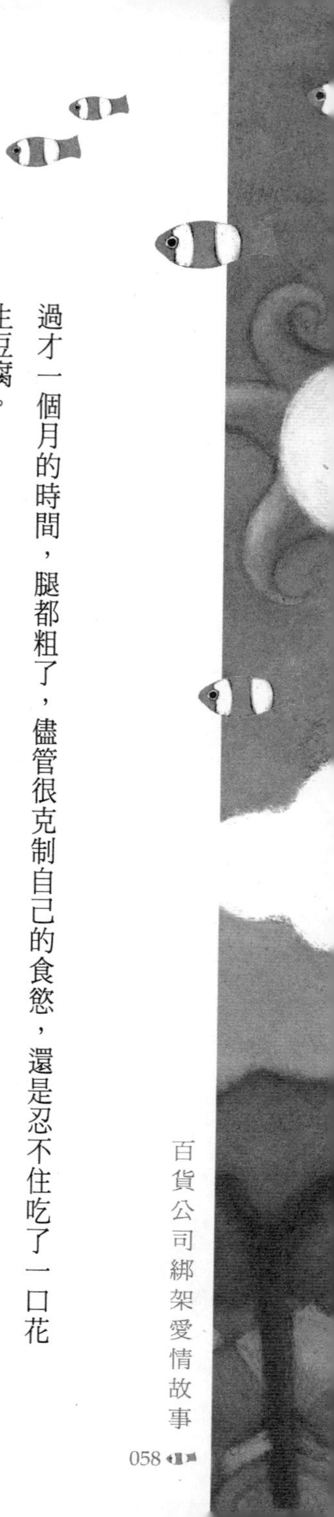

過才一個月的時間，腿都粗了，儘管很克制自己的食慾，還是忍不住吃了一口花生豆腐。

「別看小豆大手大腳的，家裏的豆腐生意全靠他一人撐著。」

「他是獨子啊？」我特別對男孩子的家庭排行敏感。

「有個哥哥，在美食街租了攤位，賣著標榜北方口味的麵食，生意不太好，全靠那幾個招牌小菜做廣告，家裏還有個生病的父親。」碧姊拿筷子敲我手背：「別用手揀食物！對啦，小豆剛退伍沒女朋友。」

隔天我沒有和碧姊到員工餐廳吃飯，自己跑來B2美食街。

美食街的東西就那幾樣，初來還挺有興趣的，時間一久便嫌膩，每天都在煩該吃什麼，到後來索性不吃，所以碧姊老以為我在減肥，其實不全是那樣。

北方麵食的攤位只有零星幾位客人，一個高壯的男子在櫃台前打收銀，和小豆一樣都有道濃眉，只是和小豆相比，他的表情呆板，流露一種苦力似的憨厚。

「今天的特餐是榨醬麵和酸辣湯，外加毛豆燒豆腐，只要九十九元。」他制式化的對我介紹，眼神落在後方，彷彿在誦大字報。

「你叫大豆嗎？」
「啊？」他反應不來地啊了一聲。
「沒有啦，呃，小豆在嗎？」
「他等下會來和我換班。」
他的眼睛不知看哪兒，如果不是站在面前，會以為他和旁人說話。
「美食街品鑑大賽要開始了……」
「喔！那怎麼樣呢？」他沒頭沒腦的冒出這麼一句話，我也不知道如何接。
「沒怎麼樣。」他面無表情地低下頭，繼續切他的小菜。
上樓後，我問碧姊美食街品鑑大賽是做什麼的，她一邊摺衣服一邊說：「景氣不好，搞噱頭嘛！就是請每家攤位端出最具代表性的菜色，然後請一些美食專家來評分，業績差的，可能會被退租。」
我突然有點明白大豆的意思了。
下班的時候，我在電梯口碰到小豆。
「你的豆腐很好吃呢！」我往鏡後站。

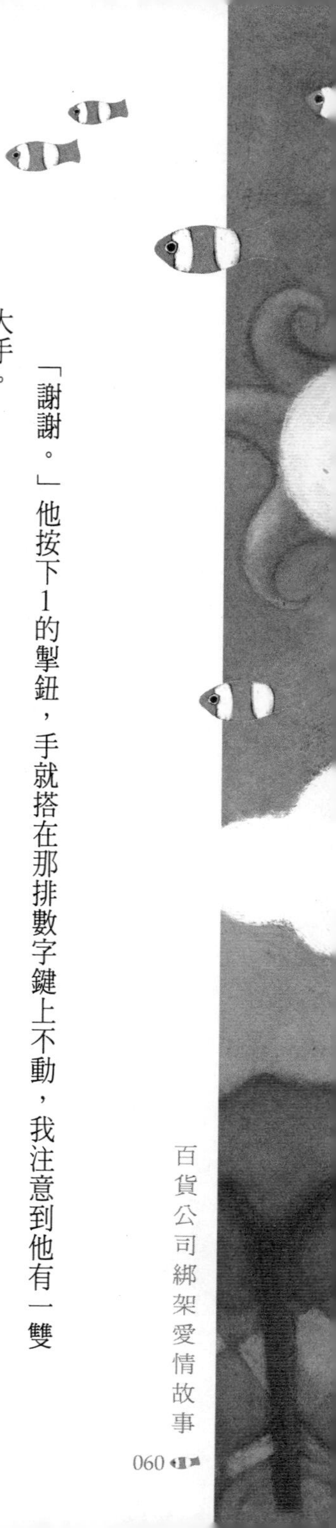

「謝謝。」他按下1的掣鈕，手就搭在那排數字鍵上不動，我注意到他有一雙大手。

「妳要回家嗎？」

真奇怪，和人說話也不轉過頭來。「不回家還要去哪裏？明天又沒放假。」

小豆沒吭聲，我看到他的T恤上有一粒乾掉的麵瘩，本想幫他撥掉，又覺得不妥，正猶豫的時候，少女櫃的一群同事進來了，她們喊著小豆，其中一人瞥見小豆T恤上的麵瘩，便輕輕鬆鬆地剝下來。「小豆，你還要揉麵糰，好辛苦喔！我一定會幫你多多宣傳康家豆腐的。」

「謝謝啦！改天請妳們吃大餐。」

「討厭，都被你餵胖了！」

小豆姓康嗎？

出電梯後，我們分別往不同的方向走，站牌沒什麼人，大概公車剛過，不然平時夜校學生很多的。走了兩輛307後，緊接在後的一台摩托車緩緩停下，一看那穿著深藍牛仔褲的長腿，我就知道是誰了。

「住哪裏?順路的話載妳一程。」小豆掀開安全帽，笑嘻嘻地問我。

「板橋。」

「恭喜妳，我住樹林，上來吧!」

我坐上他的摩托車，竟有些緊張，一緊張就胡言亂語：「你很受歡迎嘛!到處讓人家吃豆腐。」

他轉過頭來，笑得很壞：「妳吃醋啊?」

「拜託!你想太多了吧，沒禮貌。」

「呵呵，我叫康祖豈。」

這人真有毛病，我又沒問他叫啥，答非所問!

「我家三代都是做豆腐的，是百年老店嘍!我希望每個人都能吃到康家的豆腐，有一天揚名海外。」

我看著先前留在T恤上的麵瘩印子，用指頭輕輕一捺，有種生硬的感覺。

沉默一陣後，他找到話題似的問：「妳呢?」

「我?」車子在紅綠燈前停下，我們的身影映在店家的玻璃窗上，樣子有些親

密。「我想存錢到國外念造型設計。」

「聽說妳本來想站美容櫃？」

「對呀！被人嫌胖，不適合。」我在玻璃窗上的身材倒是很苗條。「你注意我哦？」

他沒有回答，專心地騎車，我好像製造了一個莫名的冷場。

「妳想不想知道怎麼做豆腐？」

「好啊！這禮拜五我休假。」

小豆點點頭，沒有說好或不好，我們遂安靜下來，明明開始熱絡，他又不講話了，好像從頭到尾就我一個人在那邊high著。

到家後，天空飄起雨來。「你等會兒，我上樓拿件雨衣給你。」

「不用了，毛毛雨不礙事。」他看著我，道了句：「下雨天遇見的人會成為朋友。」

「什麼意思啊？」

「沒什麼意思，一個傳說罷了，快上去吧！」

被他這麼一攪，我的心頭熱烘烘的，三步併作兩步地往樓上跑，爬到了三樓，忍不住往窗口一瞄，沒想到小豆竟回過頭來，朝我揮手：「晚安，袁晶！」然後噗的一聲，騎走了。

小豆知道我很多事？我的心漾過一絲甜蜜。

美食街品鑑大賽即將在下周六開始，這幾天我都在北方麵食吃豆腐，和大豆有一搭沒一搭地聊著。

「反正我們生意不好，乾脆回家賣豆腐。」

「既然這樣，當初何必來這兒租攤位。」

「朋友說好賺嘛！本來是大家合夥，現在只剩我一個，他們說讓我做大股東，唉……原先不是這樣的，我們一開始是做蛋糕，他們一個一個走，我又不會做蛋糕，最後改成麵館……」

「你語無倫次的。」我看他悶著頭切小菜的蠢樣，實在很難想像小豆是他弟弟。「你總得拿出一道菜來比賽，就算走也要光榮的離開，把你們康家做豆腐的本事秀出來。」

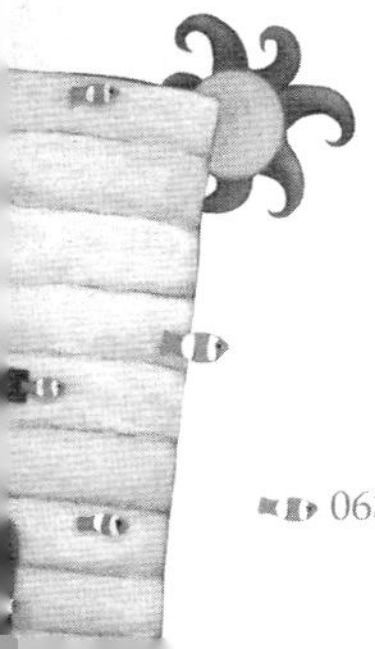

「我不行啊！我只會磨黃豆、做豆漿。」

「大豆，你要振作呀！」我無力地趴在桌面上，心想自己怎麼會說出這麼八股的台詞。有人輕拍我的肩頭，是小豆。「你怎麼來了？」

「我送貨到這附近。」小豆把美食街品鑑大賽的DM放在桌上：「廣告做得很大，評審的來頭不小喔！有場硬戰要打了。」

「小豆，想想辦法。」

「哥，別擔心，好好做生意。」

我沒來由受到一陣感動，推說出來太久，便匆忙上樓，小豆從後丟來一句：「明天早上十點，我來接妳。」

從小我就喜歡替洋娃娃做衣服，來台北念高中後，看的不是教科書而是服裝雜誌，成天忙著幫同學做造型，大學連續落榜兩年後決定放棄，回南部老家待了一年又回來台北，我不知道該何去何從，有很多事都沒有辦法照自己的意思進行，我好像浪費了很多時間。

「每個人都會有這麼一個時期。」小豆把泡好的黃豆放入砂磨中，「豆子磨好後再來過濾去豆渣，剩下來的就是豆漿。」

「和一般纖瘦的女孩子相比，我是豐潤了點，可是我並不討厭這樣的體型，只要不繼續胖下去，應該還過得去吧！」

「把豆漿加熱到沸騰，得加凝固劑了，凝固劑大多是石膏，妳知道石膏的成分是什麼嗎？是硫酸鈣，加的時候要注意攪拌，這個步驟很重要，沒有什麼秘訣，純粹靠經驗。」

「不能站化妝櫃也無所謂，我還是可以邊學習邊賺錢，每天觀察別人怎麼穿衣服。」

他做他的豆腐，我說我的話，即使搭不上邊，坐在他身邊還是快樂的。

「加入凝固劑後，再入壓榨箱壓去水份就是豆腐。」小豆端出事先凝固好的豆腐，「剛做好的豆腐又滑又嫩，有一股特別的豆子香。」小豆自顧自地品嗅木板上的豆腐，神氣而滿足。

整個屋子流動著淡淡的黃豆味，真是老店了，沒有任何招牌，只有簡單的木

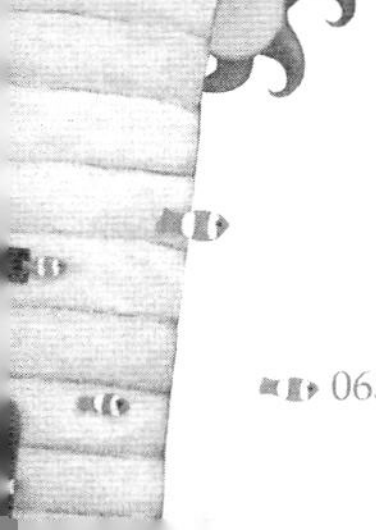

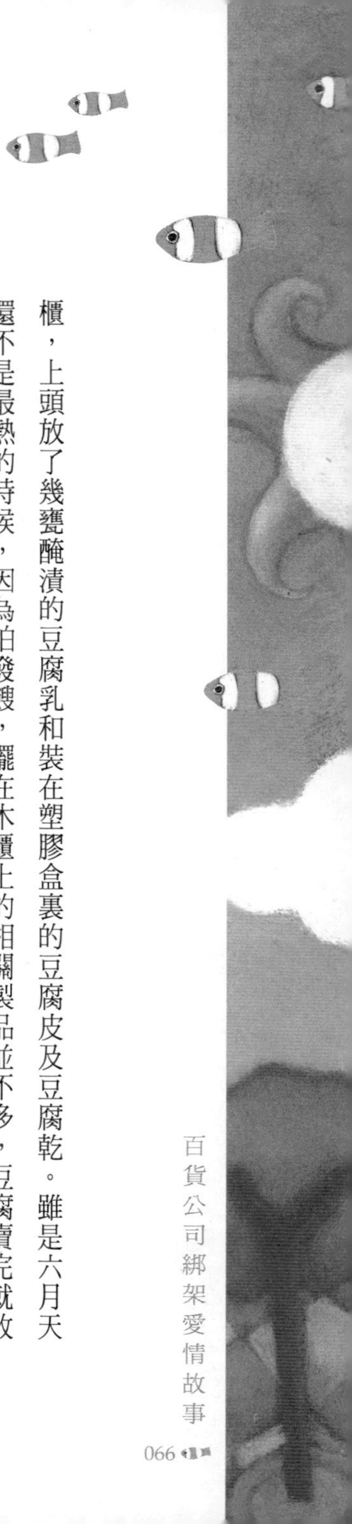

櫃，上頭放了幾甕醃漬的豆腐乳和裝在塑膠盒裏的豆腐皮及豆腐乾。雖是六月天還不是最熱的時候，因為怕發餿，擺在木櫃上的相關製品並不多，豆腐賣完就收工，絕不放到隔日。

「小時候，爸爸還會做豆花給我和哥哥吃。」小豆替坐在藤椅上睡著的父親擦手汗，「我父親的手藝真好，什麼菜都會做，光是豆腐就可以變出四、五十種花樣，其中有一道叫豆沫子的，我們全家愛得不得了，我母親生前最愛這一道菜。」

小豆的父親突然睜開眼睛，盯著小豆看。

「爸，她是袁晶小姐，等會兒我做豆沫子請她吃，我們很久沒吃豆沫子了。」

我向小豆的父親點頭，他並沒有看我，只是不斷盯著小豆。「豆沫子……」他咕噥了一句，露出一種奇異的神情。

「他失智很久了嗎？」才出口，我就知道自己說錯話，有這樣症狀的父親，應該不希望別人直截了當地戳破吧！

「兩、三年了，我沒有他手藝好，只會做豆沫子，這道菜是屬於家人的菜，只有真正親愛的家人才能嚐出它的味道。」

家人的菜？小豆把我當成他的家人嗎？

「豆沫子是魯東的家常菜，得先把黃豆泡得圓鼓鼓的，再用石磨磨成白花花的糊子。」小豆從冰箱拿出磨好的糊子，看起來亮晶晶、水滑滑的，細緻均勻。

「費不少工吧？」

「磨到半夜四點多。」小豆說得很輕鬆，他的指頭都磨紅了。

「你特地做這道菜來招待我？」

「妳這樣覺得？」他笑著，彷彿我自作多情。「磨好的豆沫子還要配這些佐料。」小豆將蘿蔔、白菜、木耳切絲，再舀一瓢沒磨的豆子放入鍋裏快炒，糊子已先蒸熟，「把它放入鍋中，悶個兩分鐘就好了，放點辣椒，更入味。」

「好香！」

冒熱起鍋的豆沫子黑裡透白，混雜熟軟的黃豆、紅蘿蔔絲，顏色相間得非常好看，我忍不住用手揩了一口，香酥鮮軟，辣味抵住舌間，嚼勁十足。

「好好吃！」

「啊！豆沫子……」小豆的父親眼睛發亮，指著豆沫子的手微微發顫。

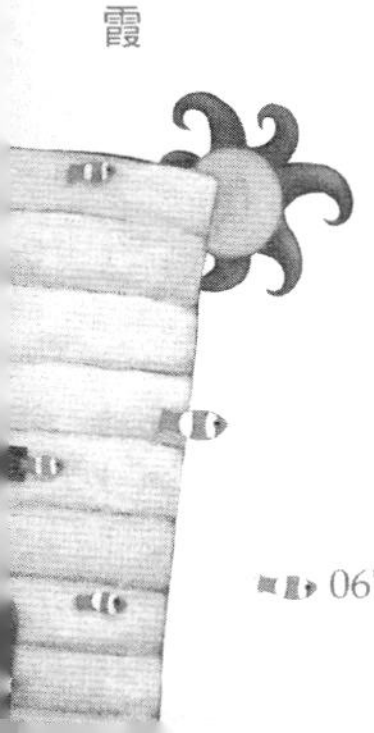

「爸，我盛給你吃。」

小豆的父親一口一口吃著豆沫子，陽光照在他的額角，眉心沁著珠汗，他的腮幫塞得鼓鼓，鬍渣上沾著狼吞後的碎屑，風扇忽嚕忽嚕地吹，小豆的背濕透一片，我輕輕撫著他的頸肩，一路向下滑，不知哪兒的勇氣，我環住了他的腰，臉上全是他的汗水。

北方麵食決定推出豆沫子參加美食品鑑大賽，我們本來想它取為：幸福的小豆腐，因為豆沫子也叫小豆腐，但覺得太煽情便作罷。

比賽當天，美食街擠滿人潮，做好的菜除了給評審品嚐，還會開放給民眾評鑑，其中有幾家電視台跑來採訪，顯見美食展造勢得頗為成功。

我特地請假全程參與，小豆的父親也來了，他捧著小豆辛苦磨好的糊子，安靜地坐在一旁。大豆忙著洗菜、切絲，小豆另起一只鍋煮黃豆，評審在場中來回觀看，將重點記在評分表上，有記者問：「什麼是幸福的豆沫子？」小豆笑著說：「是屬於家人才能吃的幸福菜。」記者又問：「不是家人就不能吃囉？」

「當然可以，只是妳得去找個這樣的人做給妳吃。」

「那你找到了嗎？」

小豆轉頭看我一眼，「找到了。」

我們相視而笑，忽然廣播傳來有小孩被綁走的消息，而擄走小孩的歹徒很可能還留在百貨公司裡面，請大家暫時不要出去。頓時聽見這個消息的媒體全部蜂擁至小孩走失的樓層，想看熱鬧的群眾也跟著一探究竟，美食街一下冷清許多。

「這些人是怎麼搞的！」大豆放下菜刀，朝外一看。

「咦，糊子呢？」

「不是爸拿著嗎？」大豆指指後面，椅子上卻空無一物。「不會吧！爸不見了？」

「糟糕！阿晶，我們去找找。」小豆拉著我的手，大聲地在附近喊人。

我們跑去請百貨經理幫忙，他正和警方詳述百貨公司逃生口的動線，旁邊則站著一對焦急的夫婦。小豆簡單地說明來意，百貨經理卻露出沒時間搭理的冷淡態度。

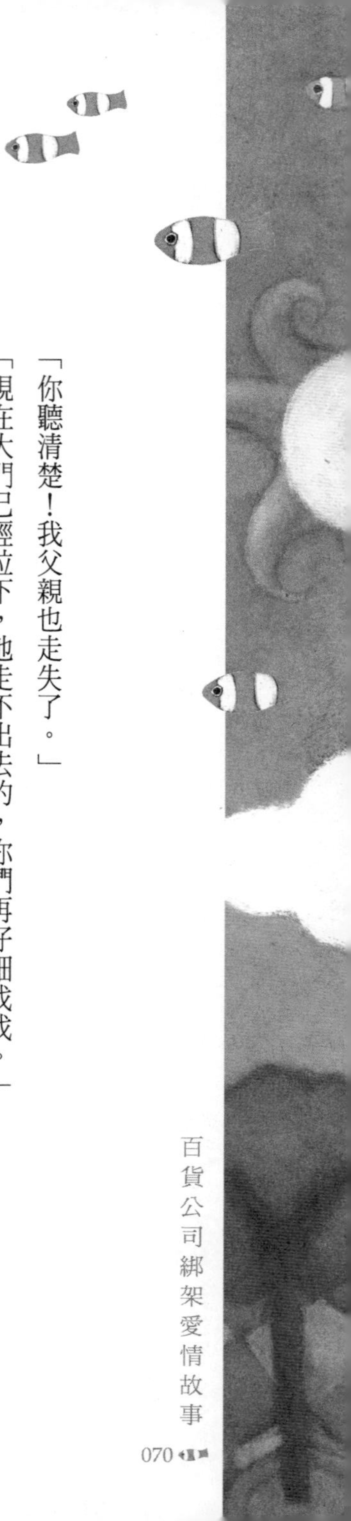

「你聽清楚！我父親也走失了。」

「現在大門已經拉下，他走不出去的，你們再仔細找找。」

「小豆！」我看見小豆的拳頭都栓上了，「我們上樓找！」我連忙拉他離開現場，再回頭請警察協尋。「康老先生穿白上衣、黑長褲，手裏抱著一盤磨好的黃豆。」

「我去門口看看。」小豆快步跑上手扶梯。

我和大豆在會場來回梭巡，逢人就問有沒有看到這樣一個老人，碧姊也在幫我們問，然而大家的注意力全集中在被綁走的小孩，沒有人太關心走失一個老人。

「爸，小豆要煮豆沫子給您吃啦！你快回來吃豆沫子，小豆煮的豆沫子……」

小豆拿著擴音器哽咽地喊著，一些不知情的顧客露出好笑的表情，戲謔地說：演民初戲啊！

我暗暗祝福他們，不要哪天也走失了親人。

「有位老先生拿著一盤黃豆躲在B2的廁所，你們快去看看！」有人發現了小豆的父親。

當我們全部人趕到B2的男廁時，小豆的父親縮在角落，不准任何人接近。

「爸，我是小豆！」

「爸，我是大豆啊！你拿走糊子做什麼？」

警衛才上前一步，小豆的父親便緊張地握住手裡的糊子：「走開、走開！你們統統給我走開！」

「爸，沒人要搶糊子，那是用來比賽的。」

他生氣地對大豆吼：「比什麼賽？豆沫子只做給小豆、大豆和穎月吃，誰都不能吃！」

「伯父，你不要激動……」我輕聲安撫他。

小豆的父親往我這兒一瞟，恩准似地說：「還有妳！妳也可以吃！」

「爸……我不做給別人吃好不好，我們回家，豆沫子只做給您還有大豆、媽媽及阿晶吃。」小豆慢慢靠近他。

「這還差不多，你要做給別人吃，我就不還你！穎月最愛吃這個了……」小豆父親孩童似的賭氣著，大家見他情緒漸漸穩定，要小豆趁機把父親帶回來，而被綁走的小孩，也在六樓的寢具部找到了……

因為這次事件，幸福的豆沫子聲名大噪，大家都想嚐嚐豆沫子的滋味。不過小豆卻不想藉此發財，他說：「我可不想五湖四海皆兄弟啊！」

「或許伯父只想把豆沫子留給最親愛的家人吃，所以才抱走糊子。」

事後百貨經理來找大豆，希望北方麵食能推出豆沫子這道菜，但被大豆拒絕，他說：「我想回家和弟弟重新經營豆腐店，豆沫子是屬於自家人的菜，不是什麼山珍海味。」

不過碧姊和仕女館的同事卻對豆沫子很感興趣，她威脅小豆：「你不要忘了，是誰提供你阿晶的資料啊！阿晶面試那天下大雨，你還說，沒看過這麼可愛的落湯雞。」

原來……

最後小豆還是把豆沫子的烹調法傳授給碧姊了。而大豆則成天想著該怎麼利用黃豆再創商機，最好能像幸福的豆沫子那樣造成轟動。

結果真被小豆在一本書中找到了秘方，因為延年秘錄中記載著：「服食大豆令人長肌膚、益顏色、填骨髓、加氣力……不過兩劑大豆五升，如作醬取黃搗末，以豬脂煉膏。和丸梧子大，每服五十丸，溫酒下，神驗秘方也」。

「挺好玩的，我給你當白老鼠。」

然而大豆和小豆卻笑得很賊，把書藏到後背。

「怎麼了？」我搶過書，看到此秘方後有個小註：肥人不可服之。

我一拳打在小豆的肩上，兇巴巴地叫著：可惡，你故意的！但臉上卻是笑的，不知道是不是眼花，我彷彿看見坐在藤椅上的小豆父親，偷偷對我眨了一下眼睛。

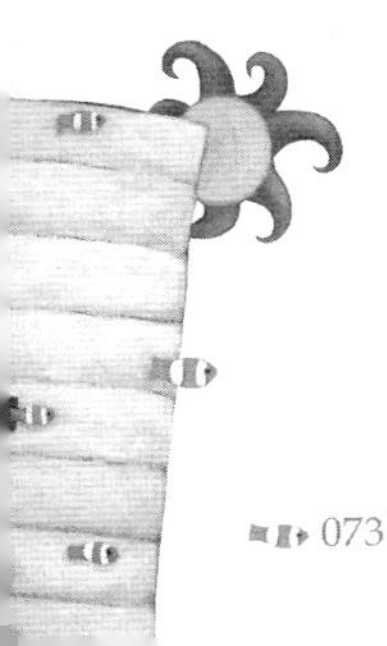

電梯停靠

歡迎光臨夏日百貨，電梯關門，請小心。

本電梯停靠五樓及六樓。

五樓童裝部門，我們有最齊全的童裝品牌及尺碼，

並附設積木區供小朋友遊戲。

六樓家居寢具，讓您看見生活裡所有的可能性，

還有書店及唱片行提供服務。

月亮的女兒

張曼娟

差一點點，只差一點點，幾乎就要碰觸到，那隻渾圓細嫩的手臂。手臂被牽走了，她眨了眨乾澀的雙眼，那是夢裡也渴想的，一隻小小的手啊。她深吸一口氣，彷彿聽見心臟鼓動的聲響，力持鎮定的穿越觀眾，尋找到一個座位坐下來。

一身黑衣黑裙，還戴著一副黑色墨鏡，這樣的妝扮會不會太奇怪呢？她環顧四周，所幸這是一場秋冬服裝發表會，比她詭異的大有人在，有剃光了頭卻留一條細辮子的男人；有幾個塗黑了牙齒笑個不停的女孩；有一個女人將頭髮一邊染藍一邊染成橘黃色，那麼，她的紫棕色假髮並不特別醒目了。忽然，她看見一個短髮戴墨鏡的男人，對著她微微頷首。肯定認錯人了，這個穿著白襯衫的男人，有著好看的下巴，將她錯認成誰了呢？她忙轉回頭，正襟危坐，想到自己似乎太

緊張了，她決定對那男人微笑一下，卻已找不到白襯衫男人了。

她將眼光投向對面，小女孩坐在西裝男人與套裝女人中間，穿著蓬蓬裙的洋裝，白襪白鞋，此刻踢著左腳右腳，無聊地看著外圍那些追跑著的孩子，如果可能，小女孩一定也很希望可以加入他們的吧？

以前，小女孩更小的時候，她給她穿上耐磨耐髒的衣褲，帶著她去到公園裡，和一群孩子玩泥巴，玩得聲嘶力竭，弄得一身髒兮兮。

男人一向不贊成，蹙起眉頭：「女孩子就要像個小公主，搞成這樣！」

小女孩現在真的很像個小公主，只是不知道快不快樂？

服裝發表會開始了，一個個裝扮華麗的高䠷女人昂首走過，穿著皮衣，拖著大氅，走過鋪滿花瓣的伸展台。她忽然想起自己的婚禮，那時候，也是六月，她的鋪地長禮服拖在身後，像一隻孔雀的尾翼，一步步垂著頭，走向等待在另一端的新郎。剛剛考取律師執照的丈夫，那時候一看見她就著迷了，她在圖書館裡工作，佈滿新書的紙漿味與舊書的霉爛味的櫃台裡，幽幽地散發著自己的芳香與光亮。「妳是我的女人，除了我，別人也不配。」曾經，他是這樣說的。這話從記憶裡跳出來，帶著喧囂割裂她。

乾冰和雷射將現場氣氛升高，她忽然警覺地直起身子，看著小女孩掙開男人，她離座起身，往外走去，就在觀眾席邊緣，一把攫住小女孩。女孩先是怔住了，接著掙扎起來，她緊緊抱住小女孩，向二樓的手扶梯衝過去，她知道二樓的咖啡廳有著通往戶外天橋的出入口。

小女孩恐懼地叫喊：「爸爸——」

她迅速掩住小女孩的嘴，靠在小女孩耳邊說：「乖！蕾蕾好乖，我是媽咪，我是媽咪……」

「媽咪？」小女孩推拒著，半信半疑地：「妳是媽咪？」

她除下墨鏡，扯下假髮，望著小女孩。

「媽咪！」小女孩撲進她的懷裡：「媽咪我好想妳。」

我叫做邱月兒。可是，不是說，沒事了嗎？為什麼還要做筆錄？

只是為了結個案？那，好吧……不會，我不會緊張啦，事情都過去了，不是嗎？

是嗎？我的名字特別嗎？

（當年我出生在滿月的晚上，母親直著嗓子喊了幾個鐘頭，等我一落地就安靜下來了。父親踅進房裡覷了一眼，便回到庭院的井邊吸煙，四下裡靜得更怕人。阿媽來到床邊，盯著我看了半晌，下了決心似的說：「這ㄚ頭不該是我們家的女兒，算是月亮的女兒，寄養在我們家的，要給她養大。」

阿媽給我取了月兒這個名字。）

是的，方心蕾是我的女兒，我們都叫她蕾蕾。剛出生的時候，她好小好小，像一朵蓓蕾似的。她是不是很漂亮？像我嗎？真的？

方律師？他是我的前夫。我們已經離婚了，一年多快兩年了吧？

我們的婚姻生活？

維持了四年多吧，我不知道，我一直想知道，別人的婚姻是怎樣的？可是，我不知道，婚姻……當初也應該是有愛情才結婚的吧？為什麼到後來會變成這樣呢？妳也不知道？妳結婚了嗎？還沒有？也好，真的，不結婚也許更好……

（結婚的頭兩年，他最愛帶著我出席那些聯誼會啦，聖誕新年Party啦，人們投射的眼光，很令他感覺虛榮。可是，我總是那麼僵硬，應對失據，令他相當沮喪，為了這個，他與我冷戰好多次。他把對於我的冷漠和忽視當作一種懲罰，我在自責與愧疚中，孕育了一個小生命。有了蕾蕾，他不再能傷害我，因為我漸漸不在乎他了。）

為什麼會離婚？妳問過他嗎？

他怎麼說的？

誤會？他說是誤會？

我笑什麼？因為啊，我覺得真的很好笑……

對不起，可以給我一杯水嗎？

「蕾蕾！媽咪好想妳，媽咪醒著的時候想妳，睡著了也想妳，妳是媽咪的寶貝……」月兒將蕾蕾摟進懷裡。

「媽咪，妳是不是生病了？媽咪，妳會不會死掉啊？」

「誰說的？誰說我病了？」月兒顫抖著。

「爸爸說的，妳生病會傳染，所以不能帶我去看妳。」

月兒彷彿回到療養院的病床上，看著窗外的薔薇和梔子花，告訴自己，一定要健康起來，要堅強起來，在這個世界上，她只有一個親人，比性命還重要的，就是蕾蕾。她現在站在這裡，握住的是蕾蕾軟和的小手，握住的是世界的全部。

「我已經好了，完全好了，媽咪要帶蕾蕾一起過生活。」

「那，我們去樓下看魚吧，樓下有好多彩色的熱帶魚，還有魚美人耶……」

「不行！蕾蕾！」她拉住女兒，拉得那樣用力，蕾蕾皺起眉頭叫「哎喲」。

「乖！蕾蕾，對不起，媽咪弄痛妳了？寶貝，乖哦，媽咪不是故意的。走！我們離開這裡……離開……」

她們往咖啡廳的方向走，剛到門口就被攔住了：

「小姐，對不起，現在客滿喲，妳要排隊。」

「我不是，我是要從這裡出去的。」

「很抱歉，我們的出口那個門已經封住囉，妳要從大門走哦。」

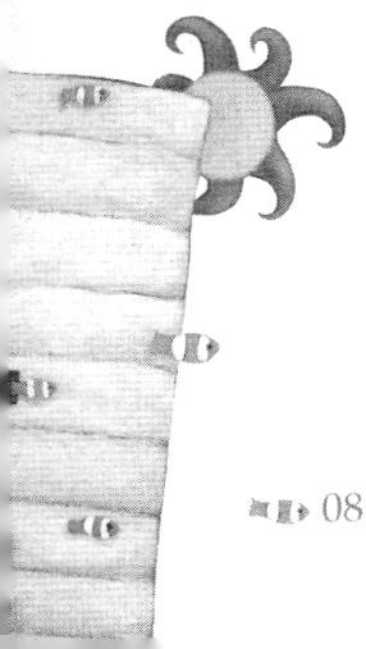

「封了？為什麼封了？」

「小姐，妳沒事吧？」

月兒垂下頭，深吸一口氣：「我沒事。」

她牽住蕾蕾的手，腦中一片空白，忽然不知道該往哪裡去。

「媽咪。」蕾蕾看著櫥窗裡的展示，搖動她的手：「我想吃冰淇淋。」

對，蕾蕾要吃冰淇淋，她們要先離開這裡，再帶蕾蕾去吃冰淇淋。月兒帶著蕾蕾準備搭乘手扶梯下樓，她瞥見服裝發表會已經結束，散去的群眾裡，西裝男人正拉著保安激動的說著什麼，套裝女人正在打電話，神情相當凝重。他們已經發現了，不能從這裡出去。她一轉身，往三樓走去。

剛剛登上三樓，她聽見保全人員的對講機裡傳出的聲音：「五歲女童，疑似綁架，現在可能要封鎖整個賣場，逐層搜索。請注意，女童身穿白色洋裝，紮兩根辮子，長得很清秀……」

我接受過心理治療，對，我住在療養院……一段時間，可是我並沒有瘋，我只是累了。很多事情，我分不清，我分不清真和假。

（他說他愛我，那個叫子駿的男人。可是，他到底是誰呢？）

我已經完全好了，我現在不必再吃藥了，吃藥的時候我其實很快樂，因為可以把很多事情都忘記，現在呢，那些事慢慢的記起來了。

（我記得那男人最初出現的時候是房屋仲介。穿西裝打領帶，柔軟的長頭髮垂在耳際，笑起來很好看，曬得紅褐色的肌膚，好像剛從海灘度假回來，身上有陽光的氣味。他靠近的時候，我有一種微微暈眩的感覺，像中暑了。

「月兒，妳確定不要賣這幢房子？妳和女兒兩個人為什麼住這麼大的房子？」

「我還有先生的……」

「是嗎？他在哪裡？」

「我，我也不知道他在哪裡。應該在忙吧？」

「所以，這房子裡還是只有妳跟女兒兩個人，不寂寞嗎？」

真是奇怪的人，不斷遊說我賣房子，說是有買主要出高價買我們的房子，又不斷帶我四處去看一些新蓋好的房子。我反正沒什麼事可做，便跟著他往鬧區

去，往山裡去，往溫泉別墅去，去看房子。雖然我從沒想過要買新房子，也沒想過要賣舊房子。那天在一幢景觀很好的新房子的客廳裡，蕾蕾跳上鋼琴椅，彈了一曲新學會的愛麗絲，夕陽西下，大片玻璃窗反映出我和女兒與男人的側影，忽然間，我被一種溫柔的情愫所充滿，那叫做子駿的男人，這時候輕輕地、暖和地握住了我的手指。我沒有掙脫。

後來，子駿來找我，不再去看房子了，我們去城裡尋找好喝的咖啡；可口的糕點，他喜歡用手指纏繞著我的手指，每一次都帶給我新鮮銳利的刺激，像是一種私密的造愛方式。蕾蕾的爸爸許久沒有回家來，我的情感或身體，真的已經荒廢好久了啊。）

其實，他……我是說蕾蕾的爸爸，他在蕾蕾兩歲的時候就說過要離婚了，只是我不肯，在我的腦子裡根本沒有離婚這種事。兩個人相愛才結婚，又許下了一生一世的諾言……什麼？這種想法已經過時了？可是，我一直相信的呵。

他現在的太太？是，也是律師，他們還是合夥人。

為什麼？妳為什麼會有這樣的靈感？覺得她是我們婚姻的第三者？

因為她不敢正眼看我？真的？她不敢看我嗎？

她是個聰明的女人，所以贏得一切……

我太蠢，有時候，愚蠢是不可饒恕的。

「各位女士，各位先生，歡迎光臨夏日百貨。很抱歉，因為賣場中有一名五歲小女孩走失，我們將暫時關閉所有出入口，報請警方處理。」播音員彷彿冰鎮過的聲音，從擴音器裡傳出來，不疾不徐的：「為了方便您的購物，本公司繼續營業，並祝您購物愉快。」

「哇咧，有沒有搞錯啊？把人家關在裡面買東西哦？」一個挑染得一頭花髮的青少年，一邊講手機，一邊從月兒身邊經過。

「喂！警察先生，我要出去啦，一個小孩子迷路而已，幹嘛搞得好像有恐怖分子一樣？」青少年對穿著制服的兩個男人發牢騷。

「我們是保全不是警察。」

兩個保全從月兒身邊經過的時候，瞄了她一眼，月兒聽見他們說話：

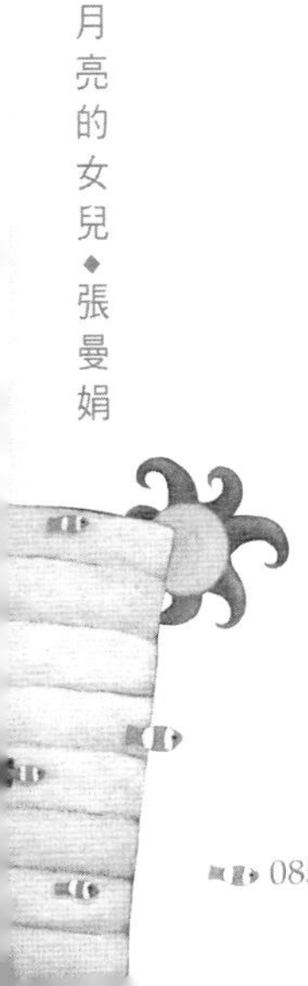

「就是電視上有報的那個方律師喲？他很有名啊，不是打贏了那場誹謗官司嗎？有恐嚇信？哦……怪不得這麼緊張。」

「媽咪，帶我去吃冰淇淋嘛，我好渴喲。」蕾蕾彎下身子，把玩著自己的襪子花邊。

月兒仍專注聆聽著兩個保全的交談，不由自主跟在他們身後。其中一個保全忽然轉頭，看見蕾蕾，他對另一個說：「五歲的白洋裝小女孩，兩條辮子……」兩個人交換了一個眼色。

「媽咪！我們去找爸爸好不好？」蕾蕾對於兩個男人打量的眼光，有些不安。

「是妳女兒喲？」保全如釋重負的：「這麼像……等下警察來了，妳要好好解釋囉。」他們說著笑著走開了。

月兒拉著蕾蕾，跌跌撞撞地登上五樓。

「我們去樓上的遊樂場玩雲霄飛車啦！媽咪！」蕾蕾要求著。

「蕾蕾！乖！媽咪要想辦法帶妳出去，妳別吵著玩，以後，以後媽咪天天陪妳玩，好不好？」

「爸爸說我可以去看魚的，也可以坐雲霄飛車的……」

「妳爸爸要把妳帶去美國，他要讓我永遠見不到妳，妳明白嗎？我已經什麼都失去了，我不能沒有妳。這樣對我太不公平，太不公平了！」

蕾蕾睜大眼睛看著月兒，臉上的表情困惑而驚慌。

月兒拉著蕾蕾，走進童裝部，她挑了幾件洋裝在蕾蕾身上比劃著，口中喃喃地：「我只能蠢半輩子，不能蠢一輩子……」她的手放在了男童的褲裝上，忽然停下來，緩緩轉身看著蕾蕾，臉上浮現出異常甜美的微笑：「妳的媽咪並不是那麼笨的呢。寶貝！」

我的問題就是，從來沒有瞭解過我的丈夫，只知道他是優秀的律師，只知道他每次打官司都能勝訴，卻沒有想過，他為什麼都能勝訴？

我想，他也把我們離婚這件事當成必勝的官司來打了。

（他安排了一切，安排了子駿。這男人彷彿能夠看穿我的需要，一點也不急進，只是緩緩地引導，我像是墮入一場瀰漫薔薇與梔子花香氛的夢境裡，不願醒

來。直到在賓館的床上，他一顆顆解除我的釦子，也解除身上所有衣物，他環抱著我已經火燙的身體，遲遲不願進入，我眼中充滿了淚水，專注凝望著他。忽然，碰地一聲，房門被撞開，丈夫帶著警察闖進來，還有不斷閃亮的鎂光燈，嚓嚓嚓！我看不見子駿，看不見自己，什麼都看不見，我的淚順著臉頰角滑落下來。）

我簽字離婚的時候，放棄了贍養費，也放棄女兒的監護權。

為什麼？就因為……他說的那些「誤會」吧。

（他說若不如此，就要告子駿：「我保證會告到他身敗名裂，家破人亡，妳信不信？」我信。我知道丈夫做得到的，我顫抖地簽了名，我以為子駿會來接我。）

我本來以為可以展開新生活的，可是，所有的事都和我想像的不一樣。

（子駿沒有來接我，我完全失去他的消息。瘋狂的尋找，才知道子駿根本不是房屋仲介，只是受雇於徵信社，我找到子駿上班的PUB，那裡進出的名媛貴婦都是寂寞的，像我一樣。不同的是她們可以對這些男人為所欲為，我卻讓子駿對我為所欲為了。）

到療養院去，治的不只是我的病，也是我的蠢……

是啊，我也覺得自己變聰明了。

那時候我很煩，不知道要怎麼把蕾蕾帶出去。

我聽見他們不斷不斷的說，兩條辮子，又說白色洋裝，我得讓蕾蕾換下這些衣服，這些本來就不適合她的衣服。

妳知道，蕾蕾從小就不愛穿裙子的，她喜歡爬爬滾滾，穿著短褲和背心，露出好可愛的臂膀，那時候她比現在胖一些，就像個洋娃娃。我帶她去超市買東西，有一個外國攝影師，一直纏著要給蕾蕾拍照呢。

不是，不是預謀的，我後來決定買男孩子的衣服給她換上，更不容易發現。至於剪刀，是我向售貨小姐借來剪吊牌的，然後偷偷放進皮包，帶到廁所去。

我一直以為，她不喜歡紮辮子，不喜歡穿洋裝的……

夏日百貨六樓寢具部的穿衣鏡前，蕾蕾忽然站住，不可置信的看著鏡中的自己，然後，她咧開嘴，放聲大哭起來：「我的頭髮！我的頭髮——」

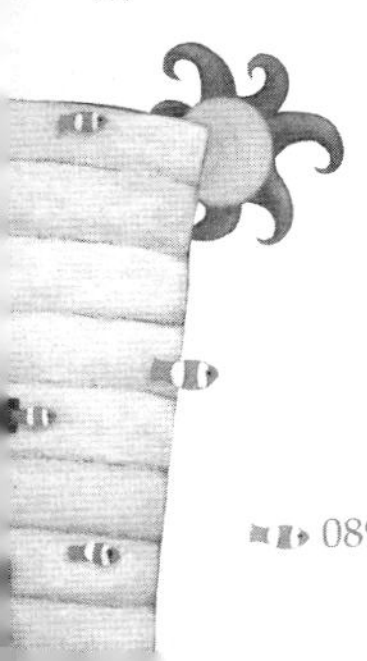

月兒給她換上了T恤、吊帶褲，倉促之間將她的辮子剪去，成為小男生一樣的短髮。

「別哭，蕾蕾好乖，媽咪是不得已的……」

「我要我的辮子！」蕾蕾聲嘶力竭的：「我不要穿男生的衣服！我不要——」

「對不起，媽咪沒辦法，我想和妳在一起。」

「我不想和妳在一起！」蕾蕾的鼻水流下來，她哭著跳腳：「我討厭妳，我要爸爸！」

「蕾蕾啊！妳說什麼？我是妳媽咪啊，除了妳我什麼都沒有了……妳不要這個樣子，我是不得已的，我以後再也不會丟下妳了。給我一個機會，給媽咪一個機會，好不好？」月兒的淚水滾滾落下，她抹著臉頰，試圖將蕾蕾擁進懷裡。

「我要爸爸，我要爸爸……」蕾蕾哀傷地哭泣著，不理會月兒。

「是不是他們？方律師，在這裡。」保全帶著穿西裝的方律師與妻子排開人群跑來的時候，蕾蕾與月兒仍沒有達成協議。

「爸爸！」蕾蕾看見父親，掙扎著起身。

「不要——」月兒一把抱住蕾蕾：「不要把她帶走。她是我的女兒，她是我的……女兒。」

「妳看看妳把蕾蕾搞成什麼樣子了？鬧夠了沒有？」方律師擰著眉斥責。

「月兒！妳的病還沒好，才會這樣的。」方太太和藹地上前去扶她：「沒事了，我們送妳去醫院！」

「不要過來！我沒病，我已經好了。你們想把蕾蕾帶到美國去，那我怎麼辦？我怎麼辦啊？」

「妳已經失去蕾蕾了，在妳犯下不可饒恕的罪的時候……」方律師沒有表情的宣布。

「都是你！你們設下的圈套。你們已經如願以償了，還不滿意嗎？我是個一點用也沒有的女人，所以，你們就這樣踐踏我？」

「妳說什麼？妳的指控要有證據的。」

「我沒有證據，可是，上天看得見，你的良心就是見證……」月兒悽愴地：「如果你還有良心的話。」

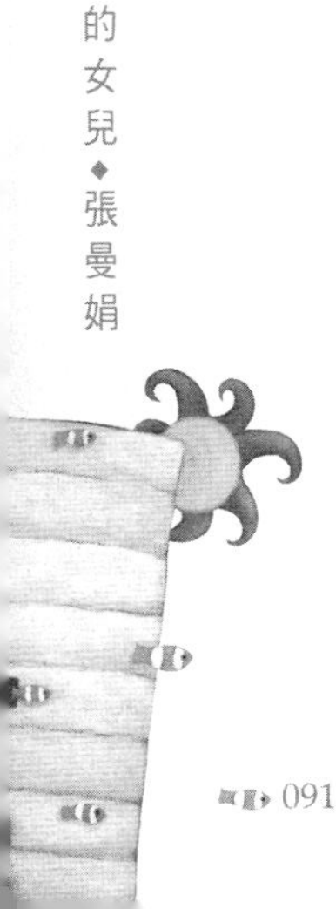

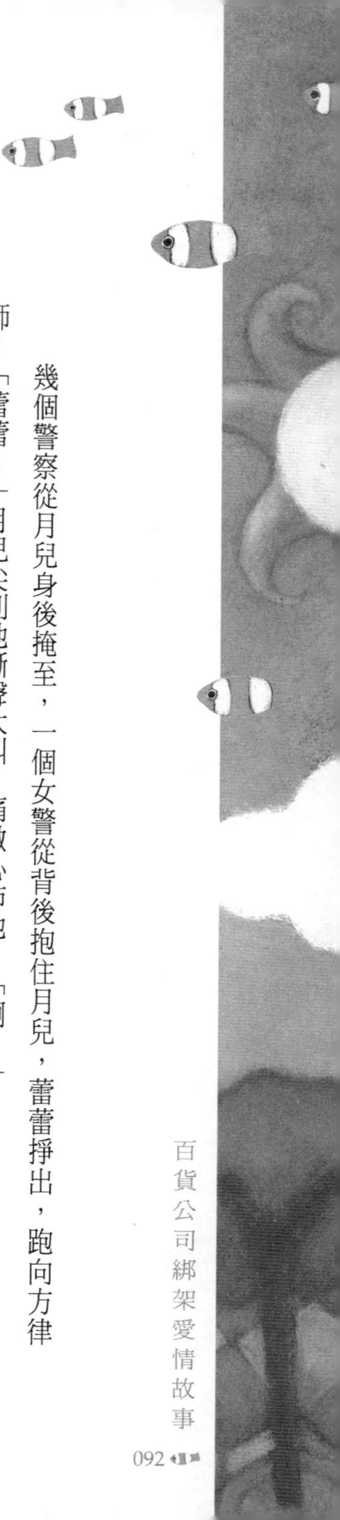

幾個警察從月兒身後掩至，一個女警從背後抱住月兒，蕾蕾掙出，跑向方律師：「蕾蕾！」月兒尖利地嘶聲大叫，痛徹心肺地：「啊——」

警察迅捷地將月兒的雙手銬上，卻聽見方律師的聲音：

「等一下，請，等一下，我想，這是一場誤會。這是我們的家務事，她，是我的前妻，是我女兒的母親。」

月兒低垂的頭抬起來，他看見方律師倉惶的神色，他很少會出現這樣的表情。接著，她看見站在方律師身邊，白襯衫戴墨鏡的男人，那人對她頷首微笑，摘下墨鏡，她看見，剪去長髮的子駿，她嗅聞到陽光的味道，她感覺到中暑的暈眩。

妳知道，蕾蕾告訴我，她想跟爸爸和新媽媽去美國，她想去迪士尼……她不想和我一起住。

謝謝妳……可是我哭不出來了。我一直為了別人活著，為了丈夫，活成一個好妻子；為了母親，活成一個好母親，就像，就像月亮一樣，它從來沒有自己的光亮。

我只為自己活過一次，那一次讓我付出很大的代價。

那個男人？不是，他不是我的律師。他憑什麼和方律師談判？憑的就是，就是那些所謂的「誤會」吧。

（「你不應該出現在這裡的，你應該已經消失了。」方律師沉沉地說。但我看見他眼底的恐懼。我也不明白，子駿為什麼會出現在這裡？他看起來比以前消瘦些，也不快樂些。

「坑了人的惡夢，是永遠不會消失的。」他的眼睛深深地望著我，我把臉轉開。

「你要怎麼樣？」方律師虛張聲勢地撩起雙臂，上半身前傾。

子駿握住我的手，他的手指令我顫慄，我用了好大力氣才抽回自己的手。

「月兒，相信我，我以為他只是要離婚，沒想到妳後來會有這樣的遭遇，我知道妳出院了，也知道妳回到家鄉，我一直跟著妳……我對不起妳。」）

妳覺得他對我有很深的感情？又是女人的第六感嗎？

我不知道……

我不知道怎麼分辨愧疚、同情和愛意？

我想，我是很晚才學會愛一個人的感覺的，只可惜太短暫，很多美好的事都太短暫了。

（子駿說他把支票影印和拍照了，然後才去兌現的，他說門外有很多記者，應該會對於這個仙人跳加上拋妻記的故事很感興趣。我從來沒想到方律師也會被脅迫的，從沒看過他苦惱的樣子。子駿要求他簽定有效的法律文件，每個月支付我贍養費，還有蕾蕾的監護權，應該是父母共同擁有的。就算蕾蕾去了美國，每年寒暑假也要回台北來看媽咪。「機票錢當然要由你負擔。」

我看著他，想到他曾經擎著我的手，輕輕含住我的手指說：「妳到底是個什麼樣的女人呢？我為什麼會這麼喜歡妳？」他的唇邊噙著一個微笑，就像此刻的那種微笑。）

一切都可以重新開始，是啊，反正過去的也不能再來一次了。

沒關係的，妳想問就問吧。

會不會和他在一起？我真的不知道。

如果妳愛的人背叛了妳，妳還會愛他嗎？可是，如果他又出現了，想要補償妳，妳會相信他嗎？

是啊，妳說的對，這種事不常發生，誰知道呢？

誰知道。

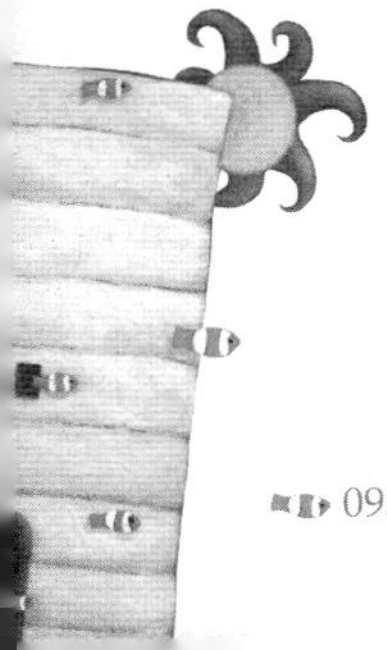

角落

吳家宜

I、畫面左側的阿好

我看見阿桃正出神地看著一張照片。於是，我出聲喊她。

「阿桃，妳怎麼又躲在這裡，是在看什麼啦？」

阿桃一聽到聲音，慌張地抬起頭來，一見到是我，臉上緊繃的表情緩緩地舒張開來。

「阿好姐。」阿桃揚起手上的照片，「這個是我女兒耶。」

「你女兒……」這引起了我的興趣，我從來沒聽過阿桃提起她有女兒，我把臉湊進一看，照片上是一個大約五、六歲的小女孩，圓圓的臉，對著鏡頭咧開嘴笑。小女孩很可愛，可是，老實說，不怎麼像阿桃。也許是像爸爸吧，我想。

「哇！好可愛，阿桃，怎麼以前都沒有聽妳說過你女兒的事？」我詢問著阿桃。

「以前……」阿桃的眼神迷濛了起來，看著照片上的小女孩，又開始用一種喃喃自語的語氣說：「以前大家也都說她很可愛，真的，妹妹從小就乖，也不哭也不鬧，每個人都好喜歡她，可是……可是我也好久沒有看見她了。」阿桃的眼睛突然亮了起來：「沒關係，我一定會把她帶回來的，一定會……」

「把她帶回來？她是沒跟你住在一起喔？」我不瞭解阿桃話裡的意思。

阿桃搖搖頭，沒有再說話，把相片塞進她的紫花包包裡，拿起抹布轉身走出了清潔室。就在阿桃把相片塞進包包的時候，我又瞥見包包裡那一張泛黃的報紙，整齊地折疊著。

從我第一次見到阿桃的那一天，我就知道，這個女人一定有著什麼不願意被碰觸的傷口。

那天，依著報紙上徵人啟事來應徵清潔婦的阿桃，眼角、嘴角都是青紫色的

瘀傷。

「對不起，請問你們是不是有在徵清潔人員？」被服務人員指引到樓梯間找我的阿桃，一副怯生生的樣子，眼神裡是滿滿的恐懼。

「有，我們有在徵人。」我從頭到腳打量了阿桃一番，接過她遞上來的履歷表，「妳以前有工作經驗嗎？」

「沒……沒有。」阿桃很緊張。

我看了一下阿桃的履歷，二十九歲，國中學歷，已婚，原來住在南部的鄉下。

「我們這個工作蠻辛苦的，妳可以做得來嗎？」我很好奇，像阿桃這樣一個年輕女孩，為什麼會來應徵這樣的工作。

「沒關係，我會努力，我很需要工作，拜託！」阿桃的口氣突然急促了起來。

「可是我們這個工作賺不到什麼錢喔！」

「沒關係，我只要每個月的錢夠吃飯就可以了。」

「好吧，那妳明天開始來上班，我們的試用期是兩週，合格之後就可以領正式員工的薪水。」

「多謝！多謝！」阿桃緊繃的表情，終於露出笑容。阿桃笑起來，有一種孩子氣的單純，可是，襯著她臉上的傷，讓人有一種說不出來的，心疼。

「不好意思，我可不可以問一下，妳臉上的傷是……」

「喔！這是我不小心去撞到的。沒什麼啦。」阿桃摸著嘴角的瘀傷，講得很心虛。

我彷彿感覺到事情沒有阿桃講得這麼簡單。

開始上班之後，阿桃被分配到五樓的童裝部門。我在巡視的時候發現，她經常會站在童裝部門遊戲區旁，看著裡頭玩積木與溜滑梯的小朋友，喃喃自語，發一陣長長的獃。很多其他的同事都覺得阿桃的精神不太正常，要我辭退她。我也曾經有好幾次，看見阿桃蹲在清潔室的角落裡，拿著一張泛黃報紙在看，口中還唸唸有詞，等到發現我站在門口，便慌張地收起那張報紙。

可是除了這一些奇怪，卻不妨礙他人的行為之外，阿桃工作很認真，只不過極少與其他人交談，就連用餐時間，她都會躲在五樓的清潔室裡，一個人坐在靠窗的角落，啃著土司。我想，一半是因為她不與人交際的個性，一半是因為，她臉上的傷。她臉上的瘀傷，總在快要消褪的時候，又出現新的傷痕。剛開始我還會關心地探問，但阿桃總是支支吾吾地回答說是撞傷、跌倒，臉上是一副閃躲的神情。我只能提醒她：「阿桃，妳要當心啊。」

我說的，其實不只是她臉上的傷，因為我明白，這樣的傷痕背後，肯定是一個女人，怎麼樣都擔不起的心酸。

可是，阿桃最近這幾天越來越奇怪，好幾個童裝專櫃的小姐遇見我都說，她們看見這幾天阿桃總是東張西望地走來走去，好像在找什麼東西，可是才剛開口要詢問，阿桃就頭也不回地快步離開了。她們都要我多注意一下阿桃。

下午的時候，我挑了阿桃的休息時間，走到她的秘密基地，五樓樓梯間的清潔室，卻發現她不在角落的那一張椅子上。我走近放置清潔用品的架子，發現阿桃把她一直以來撿到的客人的雨傘、面紙那些小東西都收走了，我回頭一看，放包包的地方，也沒有阿桃的那個紫花布包，換下來的便服也不見了，難不成她蹺班。

我正想走到一樓打卡鐘看阿桃的出勤卡時，百貨公司的廣播響起了，平時聲音甜美的播音小姐，用一種急促的聲調宣布，百貨公司裡有一名小女孩走失了，懷疑是被人綁架，警方現在要封鎖大門，請大家配合不要隨意進出。但百貨公司仍會繼續營業。

我聽著，忽然覺得一陣顫慄，一個小女孩居然在百貨公司裡被綁架了。我走下樓梯，聽見保全們的談話，他們說，有人看見是一個女人帶走小女孩的，她們要開始清查所有的人。我是百貨公司清潔隊的領班，她們要我集合所有的清潔人員，配合警方的調查。

女人？綁架小孩？我突然想起不見蹤影的阿桃，難道會是她……

Ⅱ、畫面中央的阿桃

那天，我一回到家，就看見清仔醉倒在椅子上，地上堆著一大堆啤酒罐。我走到他身旁，搖了搖他，他微微地張開眼睛，看了我一眼，滿嘴酒臭地對我吼：

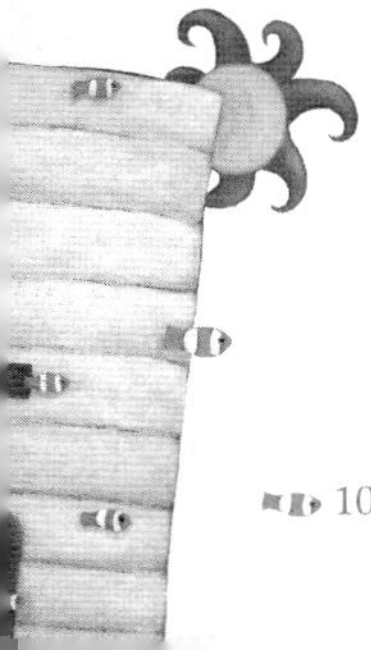

「死女人，現在幾點了，妳想把我餓死是不是？」

我蹲下身子撿拾著地上散落的鋁罐，一邊對他說：「清仔，我今天看見妹妹了。」

「妹妹，什麼妹妹？妳是跑去酒店上班，怎麼會有什麼妹妹？」清仔又閉上眼睛。

「我是說，我—們—的—女—兒。」我一字一字緩緩地說。

阿清聽見我的話，彷彿被一桶冰水當頭淋下一樣，彈坐起身來：「我們的女兒？」

「對，我看見妹妹了。」

「去妳媽的，妳不是幾年前就把她丟在人家門口，我看早就被狗啃得連骨頭都不剩了，還看得見人，我看妳是見鬼啦！」清仔狠狠地在我後腦勺打了一記。

「誰說我們家妹妹死了！」我斜著臉，瞪著清仔。「要死也是你先死。」

「他媽的，還跟我頂嘴，妳這死女人，越來越大膽。」清仔兜頭就對我一陣亂打。

「你有種打死我啊，打死我，看誰去賺錢給你買酒喝，看你還能不能每天醉茫茫。」

清仔聽見我的話，落下的拳頭更重了，我忽然想起妹妹的笑臉，不行，我不能死，我還要帶妹妹回家。我一把推開清仔，喝醉酒的他一個踉蹌，又跌坐在椅子上。

我真的看見妹妹了。

那天下午，我正好清理完走道上一灘小朋友翻倒的飲料時，一個小女孩奔跑著撞上了我。

「哎喲！」小女孩跌坐在地上，手裡拿著的一疊照片，散落了一地。

我趕忙扶了她起來，然後，幫著撿拾地上的照片。就在把照片遞給小女孩的時候，我愣住了。她是我的女兒，妹妹。

我正看著女孩看得出神，走道的那頭，一對夫婦跑了過來。

「蕾蕾，有沒有怎麼樣？」女人牽起妹妹的手，幫她拉了拉小洋裝，然後看她身上是不是有跌傷。

「蕾蕾，不是叫你不可以頑皮，跌傷了會醜醜喔！」男人蹲下身子，用一種小孩子的口氣說話。「有沒有跟阿姨說謝謝？」

妹妹抬頭看我，瞇起眼睛笑著說：「阿姨，謝謝！」

我呆住了，看著他們牽著妹妹的手，轉身離開。一直到旁邊的專櫃小姐喊了我，我才回過神，推著清潔車匆忙地要離開，卻看見清潔車底下，有一張照片。我撿了起來，發現是剛才沒撿到的，照片裡妹妹對著鏡頭，笑得好開心。我偷偷地望了望四周，沒有人發現，我迅速地將照片塞進口袋裡，推著清潔車回到清潔室。

我終於找到我的女兒了，可是，他們叫她「蕾蕾」。

五年前的那個晚上，我抱著發高燒的妹妹四處求醫，可是沒有一家醫院願意收留妹妹，因為我繳不出掛號費。最後，我決定回家找找看有沒有可以典當的東西。一進門，喝醉酒的清仔劈頭就是一陣惡罵。

「他媽的，妳是死到哪去啦，是跟哪個鬼男人跑了，一天到晚不見人影……」還沒說完，又是一陣拳頭如雨落。

我弓起身子保護著懷裡八個月大的妹妹，她不能再挨打了，出生才八個月，她不知道已經被清仔打過多少回。我怕她再有一點點受傷。偏偏這時候，妹妹驚哭出聲。

「哭哭哭，老子都給你哭衰了！」清仔聽到妹妹的哭聲，一拳揮了過來。

「你不要再打了，妹妹在發燒。我拜託你不要再打她了，我拜託你啦！」我抱著妹妹在屋子裡東閃西躲。

「媽的，我生的我就能打，哭！妳再哭，看老子怎麼修理妳。」清仔帶著一身的酒氣，一步一步走近躲在角落的我。

不行，我不能再讓妹妹挨打。我拿起身邊拾來的那些廢鐵五金，朝清仔一陣亂丟。然後，趁機逃出家門。

走在深夜的大馬路上，懷裡的妹妹哭聲漸漸微弱，我摸她的額頭，燒得厲害。不能再這樣下去了，我一定要想辦法。

我漫無目的地走著，也不知道走了多久，懷裡的妹妹安靜了下來。我低頭看著妹妹，小小的臉上卻有好幾處瘀傷，是她命不好，生在我們家，如果她生在別

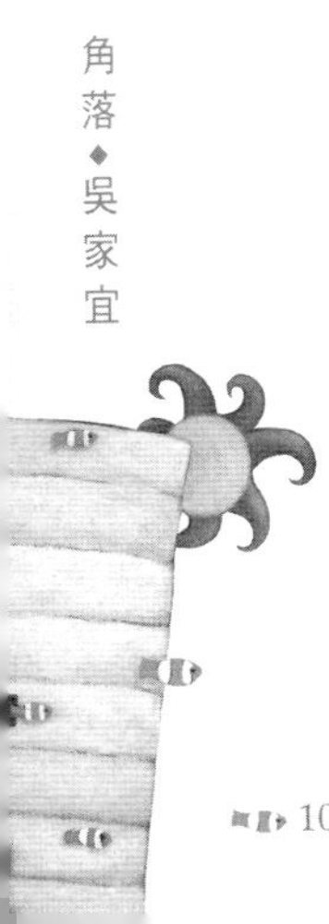

人家，就不會是今天這個樣子了。

忽然，一個念頭閃過我的腦子。

我把妹妹放在一戶人家的紅色大門前，我急促地按了好幾下門鈴，然後，躲進一旁的汽車後頭，希望趕緊有人出來，發現妹妹，然後，送她去醫院。一會兒之後，我看見屋裡的燈亮了，一個男人走了出來，發現了地上的妹妹，轉身對著屋裡喊了喊，接著一個女人跑出來。女人抱起妹妹，看了看四周，和男人討論了幾句，抱著妹妹進屋裡去了。

我憋著呼吸看這一切的情形，眼淚不停地掉下來，看見她們進屋裡去，我還不肯走，他們應該趕快送妹妹去醫院啊。我仍然躲在車後等著，果然，約莫五分鐘之後，男人開車載抱著妹妹的女人離開家。看著他們的車消失在夜色裡，我整個人癱軟在地上，暈了過去。

醒來之後，才知道我被人送進了醫院，也從此斷了妹妹的消息。

所以，當我再看見妹妹的時候，我知道是老天爺給我機會，要讓我把她帶回家。

可是，自從那一天之後，我每天都注意看來童裝部的每一個小朋友，卻一直沒看到妹妹。我知道專櫃的小姐們都在竊竊私語著，難不成她們知道了我的計畫，不行，我一定要帶妹妹回家。

兩個星期之後，一個有陽光的星期三下午，我終於又看見那對夫婦帶著妹妹出現。

我看見他們三個人在人潮洶湧的服裝發表會場裡。

我知道我的機會來了。

我趕忙走回樓梯間的清潔室，拿起我的紫花包包，順便把這麼久以來我撿到的客人的東西，還有我前兩天偷來的兩件小洋裝，通通塞進包包裡。我不會再回來了。換掉工作服，我小心翼翼走出清潔室，下樓到會場，準備把妹妹帶走。可是，就在我走近觀眾席的時候，卻看見妹妹跟著另一個戴著太陽眼鏡，還有一頭紫色頭髮的女人正要離開。

怎麼會這樣？我一時慌了手腳，只好跟著那女人後面走。妹妹忽然回頭看了我一眼，然後又轉過頭去。

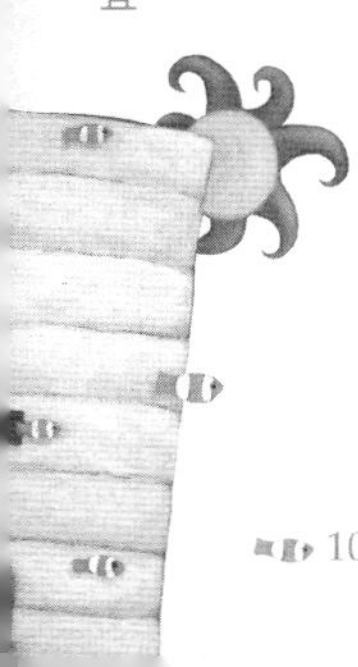

我一路跟著，看見那女人帶著妹妹來到二樓，她們走進咖啡廳，交談了一會兒，又出來了。我不能靠近，咖啡廳外有清潔班的同事，我只能躲在角落看著，看見她又拉著妹妹上樓，我低著頭，跟在她們後面。

來到三樓，那女人不知道為什麼，跟在兩個保全後面慢慢走。一會兒之後，百貨公司的廣播響起了，宣布有一名小女孩走失了，懷疑是被人綁架，現在要封鎖大門，要大家配合不要隨意進出。

小女孩被綁架？難道他們說的是妹妹？那麼，綁架的歹徒就是眼前的這個女人。

不！不能讓她帶走妹妹。這時候，保全轉過身來跟她說話，有說也笑的，難道，他們要讓他把妹妹帶走？

沒有，他們沒有讓她離開，這個奇怪的女人又帶著妹妹來到五樓，因為童裝專櫃小姐認得我，我還是只能躲在一旁遠遠地看著，可是我發現自己渾身都在發抖，止不住地發抖，我一定不能讓她帶走妹妹。

後來，那女人買了小男孩的衣服，又拖著妹妹離開，我再跟過去，發現她們走進廁所。

她到底想要對妹妹做什麼？

我正想跟著進去廁所，但是剛好有兩個保全經過，我趕忙轉過身背對他們，卻聽見喊我。

「小姐，妳……」

我還沒聽他們說完，頭也不回地就跑起來，我不能被他們知道我要帶走妹妹，不對，妹妹被另一個女人帶走了，不是我，可是，他們在追我，一直喊我：「不要跑，站住，不要跑……」他們在我的背後不斷大聲叫喊著。

不是我，不要帶走我的妹妹，不要帶走她，把妹妹還給我！

我一路尖叫了起來。

Ⅲ、畫面後方，被忽略的背景

阿好發現阿桃的時候，阿桃披頭散髮地坐在五樓樓梯間，清潔室的角落裡，

眼睛望著窗外，渾身發抖，嘴裡不斷地唸著：「不要帶走妹妹，把妹妹還我，不要帶走妹妹，把妹妹還我……」

阿好走到阿桃身旁，看見阿桃的紫花包包丟在一旁，裡面的東西全都散了出來。

「阿桃，我是阿好姐，妳沒事吧？」阿好看著阿桃。

阿桃搖晃著頭，好一會兒才將眼光落到阿好身上，一看見阿好，就抓著她的肩膀，大吼了起來：「把妹妹還我！把妹妹還我！」說完，伏在地上嚎啕大哭。

阿好被阿桃這樣激烈的舉動嚇了一跳，看著伏在地上哭泣的阿桃，阿好輕輕拍著她顫抖的背脊。然後，她看見阿桃的手上抓著兩張照片，和一張泛黃的報紙。

阿好輕輕地將它們從阿桃手中抽出來。

阿好看見那兩張照片，一張是一個剛出生的嬰兒，閉著眼睛躺在搖籃裡，小嬰兒的五官輪廓，長得和阿桃極為相似。另一張則是之前阿桃給阿好看的那張小女孩的照片。

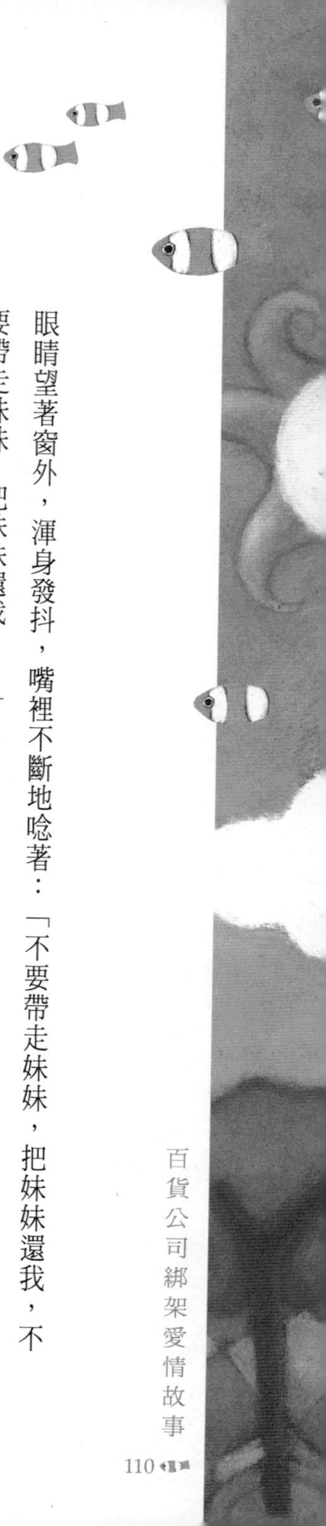

然後，阿好再攤開那張泛黃的報紙。那是一張五年前的報紙了，阿好迅速地瀏覽了一遍，沒有看見什麼特殊的新聞，於是，放下報紙，繼續輕拍著阿桃的背脊。

忽然，窗外吹進一陣風，將報紙微微揚起，然後，又緩緩地落下，有一個報紙角落剛好移進由窗口斜照進來的一方陽光裡。

阿好沒看見，那個容易被忽略的角落裡，有一則名片大小的新聞，用黑色的鉛字印著：

【本報訊】昨晚（二十七日）在成功路一位張姓民眾家門前，發現一名被遺棄的女嬰。女嬰被發現時，已無呼吸，張姓民眾緊急將女嬰送醫，但仍然不治。據醫生表示，女嬰全身有多處瘀傷，疑似為家庭暴力，但確切死因仍須做進一步調查。警方公布女嬰長相特徵及當時穿著的衣物，希望家長儘速出面，以釐清案情。

沒有人看見。

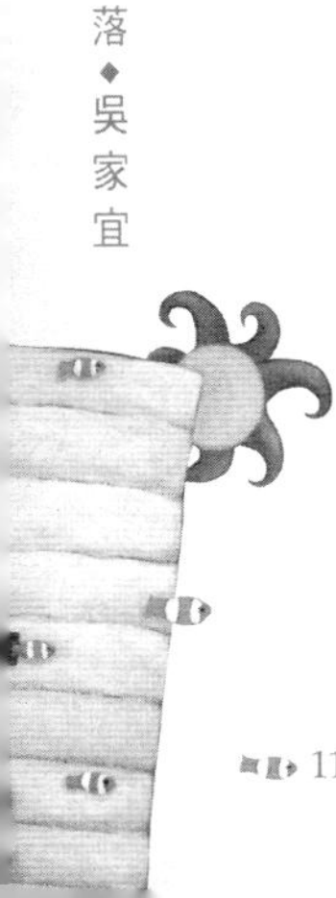

CD目擊

鄒馥曲

在「夏日百貨」重新開啟鐵門的當兒，陽光放軟了身段，斜斜照著一個男人手裡提的紙袋，紙袋裡有幾片CD，CD靜靜地躺著，一面隨著男人行進搖晃，一面揣想著一個情景……

薄冰似的兩隻高腳杯裡，紫紅的酒液，各自麻痺著兩種不同唾沫所殘剩的菌種。

左邊這一隻杯緣還保留了唇印的香氛，似乎兀自沉浸在一種浪漫的情歡。

旁邊，青白骨磁盤裡的牛排，只遺下哆嗦的丁骨。丁骨上的肉屑帶著卑微的等候，等候再一次撫觸溫暖的口。

刀叉，累倒的舞者，姿態凌亂。可，坐身扇型燈罩的黃色燈泡，卻一丁點倦態都沒，依舊神采奕奕、盡忠職守，連眨眼都不肯。

燈泡盡忠地泌出陰黃的光圍，像一個更巨大的水晶酒杯，裝盛著蕭邦跌蕩的琴曲，蕭邦《E大調第3號練習曲——離別》進行最後的60秒，立在床邊，有著海一般長髮的女人，的心，在琴音最高處，再一次抽緊……

蔥白的指，纂緊棉枕，纂成嶙峋的樹根，盤結不能不舒的怨。

「咚！」蕭邦《升C小調幻想即興曲》的第一個重音，敲在女人以枕矇臉的當兒。

臉，是仰臥床上的男人的臉，臉裡的意識被酒精匿去，因此，隨著樂曲紛急的快板，枕軋下，男人的掙扎顯得那樣迷醉。

陪著蕭邦的情緒，演奏者的意念，迷醉也有高昂低切，終究，在音符激炫的低吼與愕詫中，迷醉誤入死亡的迷宮，再也找不到出口。

女人放下枕，虛脫地跌到羊毛地毯上，她身體癱軟到無力撐起，《幻想即興曲》柔麗的旋律持續搓柔她的心穴，她吸一口氣，於琴音再轉快板時，帶上手

套，捻出面紙，耐心地，仔細地，在每一件器物上，抹去所有的自己。

丁骨淪落預藏的膠袋，殘酒滑進闃穢的水管，杯盤被滌得一漬不染，晶瑩剔透。

她換下枕套，弄亂床褥，並且，拿出一瓶治療心肌梗塞的藥，打開瓶蓋，放倒在床頭櫃的水杯旁。

最後，最後，她取走ＣＤ槽裡的ＣＤ。在寂靜中，步到門邊，扭開門把，轉頭對這綁架她愛情的所在做最後一次巡禮，並，嘆了口氣，離去。

或許，是不同的景況，ＣＤ思忖……

男人的吻，像蕭邦《降Ｇ大調第11號圓舞曲》繽紛滴落的音符灑在女人吹彈可破、滑嫩凝脂的肌膚，囈語似的低吟溢出女人的口，伴奏著婉轉深迴的樂音。

玫瑰圖案的粉紅絲衫褪落，男人益加熱燙的嘴，在女人雪白胸前採摘比玫瑰圖案更嬌更艷的蓓蕾……低吟粗濁起來，是溪水撞擊溪石，強度加高的激昂，還有微微的顫疼。

在圓舞曲之後是《降E大調第2號夜曲》，蕭邦把情境引入更深處的繾綣——是以夢境在潛意識起伏的胸上嬌喘，而潛意識滑到夢境更幽秘的體內……

乍然！雷打迸裂的琴音，碎破情境，蕭邦《第6號波蘭舞曲——英雄》奏將過來，他倆同時扭頭抬眼，因為琴音之外，他們還聽見別的。

是有別的，別的女人，蓬亂一頭髮，走到春水盈溢的床邊，瞋兩眼恨怨，一手持鑰，一手持刀，床上的人驚得縮成一團，還沒考慮怎麼奪下那刀，那刀便捅榨出汨汨的鮮血，鮮血是從站在床邊的女人的胸口流出……

「狗男女，我要你們……你們……愛不下……」

孱弱的聲音，被雄壯的旋律吞沒……

CD想著想著，心有些悸……

這CD，剛剛灌製完成，早上才熱騰騰地被陳列在，「夏日百貨」六樓的C

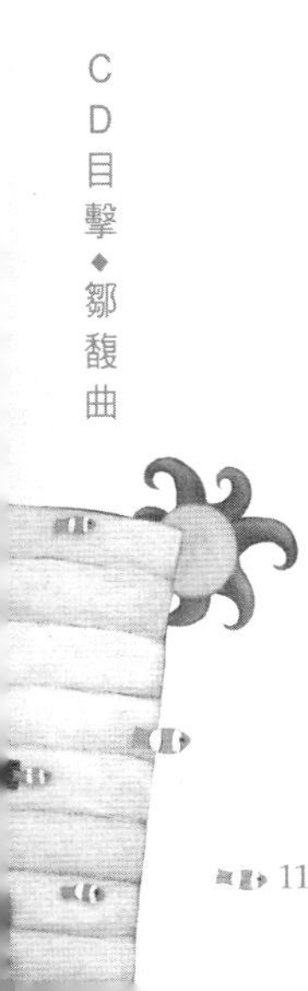

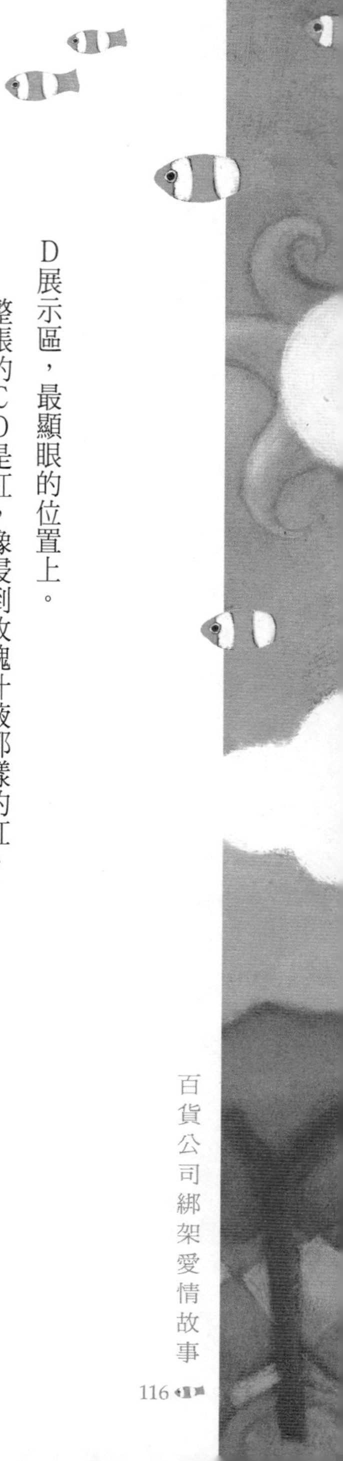

D展示區，最顯眼的位置上。

整張的CD是紅，像浸到玫瑰汁液那樣的紅。

紅，或許要描述CD的演奏者——管青青。

管青青是一位華裔旅美鋼琴家，她出神入化的指觸，濃烈細膩的情感，被國際樂評家譽為音樂界的驚嘆號。尤其她演奏時，總著一襲紅衣，或絲，或綢，或絨，或緞，纖細的身影，在龐大的鋼琴的黑裡，輕盈、欣悅、悲悽、激憤，真真，就是最美的一號驚嘆！

月前，管青青首度來訪所引起的轟動，幾乎要媲美超級的偶像歌星，而她在國家音樂廳的蕭邦鋼琴演奏，終篇華美的浪漫、懇切的深情，更是風靡了全場的觀眾。

一個月後，這號驚嘆被收藏到這張紅色的CD裡。

CD原本應該矜持於自己高貴的身分，那是蕭邦熱愛故鄉、熱愛自由的靈魂與管青青出眾才情所共同焠煉的結晶，可，這結晶落入喧囂的紅塵，目睹來來往往的群眾的幽晦心事，遂有了某些發想……

其中的兩段發想由同時觸摸到它的兩隻手引起。一隻手，在兩個小時前，剛餵過魚……

在CD身下的地底一樓中庭，有一柱晶晶透透的水，水裡，不只有魚。

同時觸摸到CD的其中一隻手，也在水裡。

手的主人叫娟。

娟把最後的魚食投出，章魚八爪漫揮，忽地伸就一鬚，攫食入口，那氣定神閒又驃然出動的可愛神態，讓娟，漾漾地笑到心裡。

她喜歡跟這些水族在一起，彷彿只有在水，她才能完全釋放自己。有時她會故意慢慢地餵，把在水裡的時間加長，最好就住到水裡，自己也變成一條魚。

她甚至懷疑，自己原本是魚，只因犯錯，才被海洋驅逐到人間，否則她怎能在水裡如此輕鬆自在，暢意快活？

若她是魚，她的愛侶——晨，必定也是，晨比她更愛海，每每領她，潛入深

海化身鰜鰈；或嘆觀瑰麗的魚群；或尋探幽密的洞穴；或驚凝珊瑚的多彩；或訪查沉沒的廢船；恣意肆縱，彷彿海洋才是他們的故鄉。

娟放下毛巾，及腰的長髮還涵著水分，但她捨不得用熱風吹，因為她必須保有每一根頭髮的完好。

晨說，妳的頭髮是我私秘的海洋。

那麼蓄養私秘海洋的責任就在娟的身上，她小心翼翼地用疏齒梳子梳開，再幾番撥弄，就任憑這片海洋散在肩上，背後。不許閒人觸碰。

晨喜歡海，也喜歡音樂，他說，宇宙最美的是海洋，人間最美的是音樂，所以娟今天要趁工作的空檔溜到百貨公司的六樓去買一片音樂，晨極愛的蕭邦鋼琴，管青青演奏。

不消說，所以娟的手，與另外一隻手同時碰觸到這張紅色的ＣＤ。

而另一隻手，做過什麼呢？

打電話。二十分鐘前。

「喂？」

另一隻手的主人是林，林呵出滴蜜的聲音：

「寶貝！是我……」

「幹嘛？」

「想妳嘛……一日不見，如隔三秋。」

「討厭！你在幹嘛？」

話筒裡傳遞著嬌嗔的語言，敲著林的嘴角蕩綻得色。

「剛帶客戶看完房子。」

「那你現在在哪裡？」

「夏日附近。」

「真巧，我也正想去夏日，三點的時候你在那裡等我，我老闆叫我買五張管青青的演奏，你先幫我買好，三點的時候到一樓跟我會合，我想順便看看一樓的秋冬服裝發表。」

林糾皺起濃密的眉，嘴唇一抿，一口不耐的氣，擤出鼻腔，沒遞往話筒：

「沒問題，這下，可以一解我的相思之苦囉！」

「死相！耍嘴皮！不跟你囉唆。拿發票時，記得叫小姐打統編，手邊有沒有紙？」

「你說！」

林用原子筆在掌心寫下藍色的長串數字，關掉電話，等過紅燈。然後旋了駕駛盤，往夏日百貨的方向開去。

所以，在三點前的這一刻，林與娟，一同走往這片紅色的ＣＤ，一同摸觸到這片紅色的ＣＤ。

其實，在他們還沒一齊碰觸到這片ＣＤ之前，林就看見娟，看見娟披著絹般輕盈的黑髮，穿著水一樣淡青的衣裙，踩著魚兒優雅的步子，往古典ＣＤ區走。林，砰砰地，在心間一震，蓄意調整了步履，恰恰地，與娟一道碰觸了這張紅色的ＣＤ。

「妳也喜歡管青青？」

娟，偏過頭，一哂：

「你先。」

「不，不，女士優先。」

「謝謝！」

娟取了最上頭那張，朝收銀臺走。林在後，揣了五張，也到收銀臺。

娟看到五張管青青，露出驚訝的神色。林看在心裡：

「好東西要與好朋友分享，我多買幾張送給朋友。」

娟看了林一眼，這回的笑，是汪在眼裡。

林還要斟酌字句，收銀的小姐先說了：

「來，美人魚，這是你的ＣＤ。」

這會兒輪到林發疑：

「美人魚？」

「是啊！妳不曉得她是我們這邊的美人魚啊！樓下的水族館可都是她一手打點

的。」

「啊！失敬！失敬！難怪面熟。」

「她平日餵魚都戴著水鏡、氧氣。你們怎麼認得出來……」

話還沒講完，百貨公司響起一陣不尋常的廣播……

原來是小孩走失，懷疑被歹徒綁走，小孩家長要求關閉百貨大樓。廣播並請大家不要驚慌，除了暫時不能離館以外仍可繼續參觀選購。還有基於小孩安全，不便之處，請大家配合原諒云云。

播音未落，大家已面面相覷，詫疑滿眼。尤其，娟心裡想，自己還要獨自一人走到地下一樓，不免難了臉色。

林一眼看透：

「小姐，既然不能出去，我看我陪妳下去好了。這歹徒神出鬼沒的，很叫人擔心。」

娟這是才真正看了眼前這高挺的男人，這男人，兩眼深深，是兩扇開啟的天窗，透著靛色的純淨。微翹的嘴角，隨時沾著日輝：

「沒關係，你還可以逛逛。我自己下去，反正到處都有人。」

「人來人往才可怕，歹徒臉上不會標明自己是歹徒，我看還是我送你下去。反正我本來就只要買CD，現在又不能出去，不如陪妳一段。」

收銀小姐一旁看了也幫腔：

「美人魚，我看妳就讓這位先生陪妳下去吧！順便妳帶這位先生下去看魚，打發打發時間。」

「謝謝。」

娟嫣然一笑，直似落單的夜歸人，覓到一桿熒熒的燈：

兩隻手，各自拿著兩個印有夏日百貨字樣的小袋，裡頭各自躺著管青青的演奏CD。

「小姐貴姓？」

「王。」

「王小姐，這是我的名片……哦！妳不要笑我俗氣，遞名片是我們做業務的職

業病。」

白白一長幅，兩抹青藍，藍鯨建設公司，業務經理，林衍德。

水漾的眼，驚瑩出彩：

「你們公司叫藍鯨？」

「嗯！妳有接觸過麼？」

「喔，沒有，只是看這名字好。」

林的濃眉一挑：

「我想，妳很喜歡魚？」

「是啊！藍鯨是很有氣魄的名字。」

「的確。」

娟先一步踏上手扶梯，林緊隨跟上：

「王小姐也喜歡音樂？」

「還好，我並不特別懂。」

「那是管青青的魅力無窮。」

「她真的很棒，不過這CD我不是為自己買的。」

「那跟我一樣，也是要送人的囉？」

娟得言，長睫一低，眉頭一鎖，百語千說，全哽在眼眶……款款情態，是直挑過來的指，撥得林心上的琴弦，震震不止……

久久，娟唇方蠕：

「想送人卻送不出去。」

「怎麼說？」

娟眨眨眼，轉頭看林：

「也沒什麼，何不說說你，怎麼這麼喜歡管青青？」

林的笑容益燦：

「不如這樣，聽說你們二樓的咖啡區不錯，我們下去坐坐，要聊管青青也不是三言兩語就能完的。」

眼前這人，溫柔而熱情，娟一身的霜，很難拒絕煦煦春陽：

「那我請客，算感謝你送我這一程。」

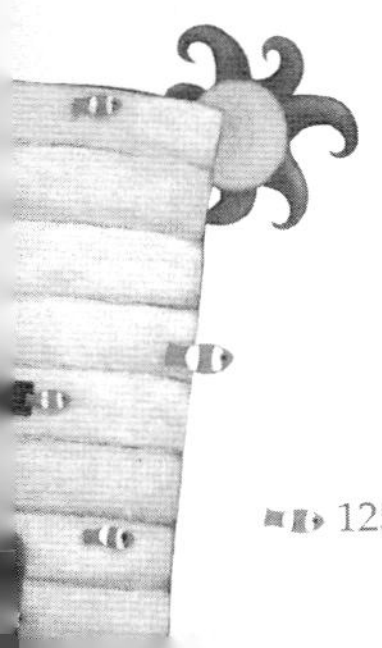

「怎麼可以讓lady破費……」

話沒完，林的腰間響起手機的鈴聲……

「喂？」

「林，我進不去，裡面發生了什麼事？」

「哦！沒什麼，我會去交涉，妳不要急，交涉好了再跟妳聯絡！」

「可是我不能等，我沒時間耗太久，你……」

「妳不要急，妳如果先走，我會把東西送去給妳。」

「那我等你二十分鐘，如果門還不能打開，我就先走，別忘了幫我把ＣＤ送過來。」

「沒問題！」

林闔上電話，娟遞上一語：

「你有急事？」

林一派從容，調皮地套了廣告詞：

「再急，也要跟妳喝杯咖啡。」

娟撐兩肘，交握雙手，抵住尖尖的下巴，涵在眼裡的眸子，溜向大片玻璃外熙熙攘攘的車與人，曼特寧的香味纏綿在娟，薄卻豐腴的唇：

「很多人都說，如果鐵達尼號裡的傑克和蘿絲可以白頭到老，那他們的愛情就不會那麼完美、動人。」

「怎麼對愛情這麼悲觀？」

「如果不能天長地久，能夠曾經擁有或許就夠了！」

「那是遺憾的美，但誰不企望白首偕老？」

娟望向更遠，或者，已失焦在漫漫灰灰的城：

「不是我悲觀，是天叫我悲觀。」

「看妳年紀輕輕，卻像歷盡滄桑？」

娟泌出一嘆，放下手，捻杯啜了口黑咖啡：

「滄桑談不上，但苦卻吃足了。」

「有苦就要說出來，說說舒坦些！」

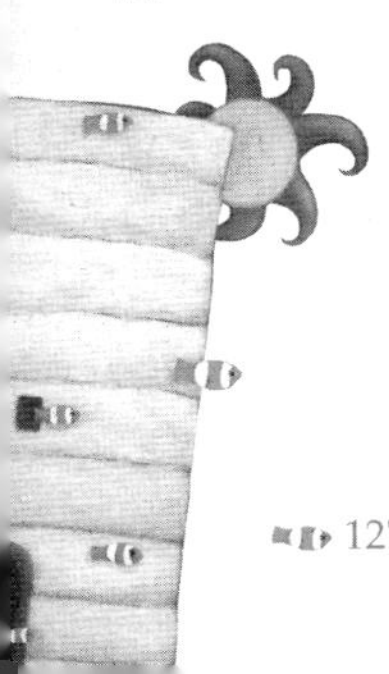

娟取出小紙袋裡的CD，無意識地把玩那紅色的身體：
「這片CD是要送給我男朋友的。」
林一邊聆著話，一邊眨了眼。
「可卻送不出去，我只能在他的墳前，用簡單的walk man放給他聽。」
林聽綻了口：
「喔！sorry……」
「他從小學鋼琴，對鋼琴與大海有一種執迷的感情，我是上潛水課時跟他認識的，我們兩個人都喜歡海，國內、國外，只要有假期，我們就一起相約去潛水。」
「真是神仙眷侶。」
娟無意識地又把CD收進紙袋，還把封口密密地折起：
「他鋼琴彈得很好，常常彈給我聽，我對古典音樂雖然不熟，卻很喜歡聽他彈琴，就好像，他是為我一個人演奏的。那時，他常常說，管青青是個天才，詮釋蕭邦，簡直可以用蕭邦再世來形容。還說，如果管青青能回國演奏，他一定要搶頭一個去買票，有時，我看他崇拜偶像似地崇拜管青青，心裡都會吃醋，但回頭想想，管青青在他心目中縱使美好，卻是遙不可及，而我，可陪他潛水，聽他彈琴……」

「妳真傻，那是完全不一樣的感情。」

「我知道，但總是忍不住吃醋……」

娟放下咖啡匙，輕聲一喟：

「可現在我再也沒辦法吃醋了，他甚至連管青青的演奏會都沒辦法去……我安慰自己，可以到他墳上去放CD給他聽，但，這明明是自欺欺人，他現在在哪裡我都不知道，在天上？在墳墓裡面？我不知道，我只知道，人的生命那麼脆弱，小小的一場車禍，幾秒鐘的瞬間，一個那麼有活力的生命就失去了，什麼是天長地久？什麼白首偕老？老天給我的答案就這麼殘酷！」

林，邃了眼，望住娟。娟絹白的鼻，漲了粉紅，噙不了的眼淚曳曳地滾下。林剛與另一個女人通過電話的手，溫暖，趨前，覆上娟拳拳冰冷的指。

一時，娟霜固的身，全化成津涕，一股腦湧出……袋子裡的CD，全程目擊了兩個人的相遇，目擊了兩人的幽晦心緒，在「夏

日百貨」重新開啟捲門的時候，陽光軟軟地送著溫熱，ＣＤ遂因此發想了兩段驚怖的景況。

發想是否成真，是誰都說不準。

電梯下樓

歡迎光臨夏日百貨，電梯關門，請小心。

本電梯停靠一樓、三樓及七樓。

一樓後方設有平面停車場，方便您的愛車停泊。

三樓紳士服飾，

提供紳士名流及社會新鮮人選購西服的專業空間。

七樓頂樓遊戲區，坐上摩天輪，

城市風景盡收眼底，還有小丑表演搏君一笑。

透過鏡頭看著妳

吳雅萍

小莫披著單薄的睡袍，斜斜地倚靠在落地窗前，高樓上的陽台，有著很好的夏夜風景。牆邊高高豎起的一圈奶黃色燈光，暈染了顏色在她身上。

格森緩緩轉醒，一睜開眼就看見這樣的景致。

推開棉被下床，他走到小莫身後，伸手撩開她的睡袍，絲緞的料子有滑膩柔軟的質感。游移的手到了小莫的腹腰間，略略遲疑了一下，轉而往上環勾住她的肩膀，把頭枕在小莫頸窩。

小莫微微笑著，偏著頭逃避，「癢。」他新生的鬍渣有些扎人。

「很晚了，我該走了。」格森很輕很輕地說完，吻吻她的頸項，然後離開穿衣。

小莫保持原來的姿勢，沒有回頭，「你今天怎麼說？」

遲疑了一下扣鈕釦的動作，「沒關係，她今天不在，回娘家去了。」

「那你還要回去？」走到他身邊，小莫難得使性子，解開他剛打好的領帶。

索性把領帶拉下往口袋一塞，「明天一早要開會，我得回去整理些資料啊。」伸手撈起西裝外套，「對了，我幫你跟邱醫生約了明天的時間，妳記得下午要過去。一定要記得喔。」

點點頭，小莫鬆開了一直拉住他的手。「乖，回去再睡會，我走囉。」

送走格森，鎖上門，小莫突然覺得一股強烈的寂寞。每次總是這樣，在深夜送走他之後，常常會生起一股莫名的悲傷，那悲傷自身體的深處漫湧上來，堅持將她掏空，翻捲起，滿溢直到喉頭。

而心卻成了一個黑洞，像要把她也一起往下拉，令她不住下沉，落到不知名的地方。

於是，失重墜落的恐懼令她開始哭泣，彷彿只要向它認輸了，就可以停止這一切。停止悲傷，阻絕寂寞。

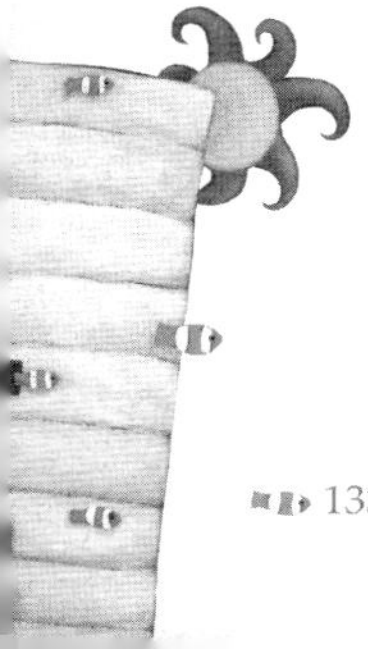

她氣自己為什麼這麼沒用，明明知道和他這樣下去只是漫無止境的重覆煎熬，不會有結果的，卻一直選擇忽略，以為只要不去想，他們之間，就不會發展到無法收拾的地步。只不過，事情一向都沒有給她選擇的機會：她沒有辦法在知道格森已婚的身分之後選擇不愛他；沒有辦法在愛了他之後選擇少愛一些；沒有辦法在全心愛他時讓他背負拋棄家庭的罪名，更沒有辦法讓自己成為一直厭惡著的那種人，所謂『第三者』，即便她一直這樣否認著。

錯了，一連串的無法選擇導致了此般局面，早在記者會那天就錯了。

那天她到格森的記者會上採訪新聞，當時剛剛選上議員的他，正因為揭發了一件貪瀆案而引起各方關注。在鎂光燈此起彼落的閃爍下，眼前的格森手持著文件，在眾多媒體面前慷慨激昂的樣子，迷惑了她，白花花的閃光眩目，而一切的動作如同電影慢動作播放般。那一瞬間，竟使她以為，格森揚手的模樣就可以抵擋千軍萬馬。

記者會結束，小莫向格森走去，為了電視台要對新生代政治人物做專訪，和

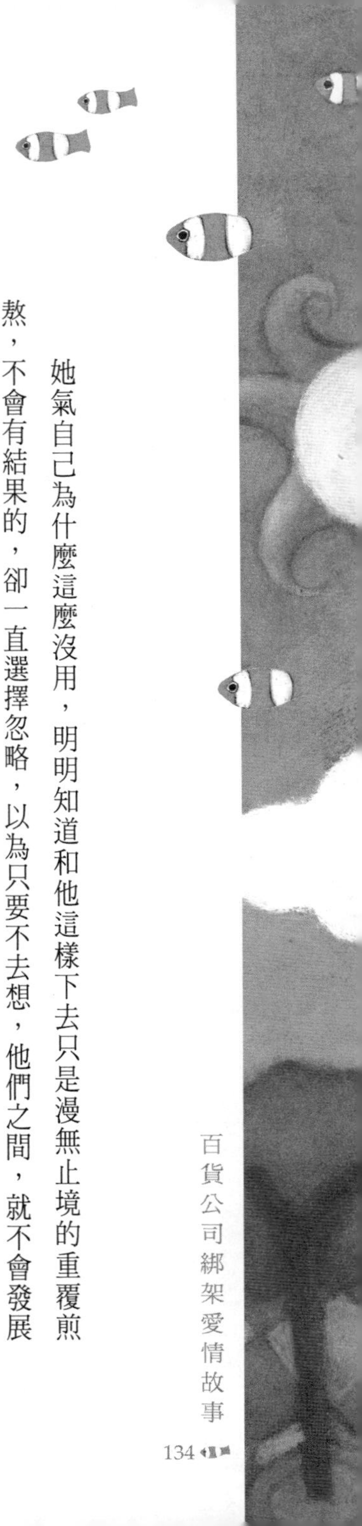

格森約定了單獨採訪時間。

第二次見面，約在一個陽光很好的窗邊，籠著亮燦燦光線的格森看起來特別吸引人。一層一層的，日光撤退，訪談內容的方向也不自覺地轉變更動，餐桌上點燃燭光的時候，他們約定了第三次的見面。

這次與工作無關。

兩人由那時候開始便交往至今。但他們的關係見不得光，必須瞞著所有的人，格森的選民以及妻子都不曉得。

她見過她——格森的妻子——在許多需要『妻子』出現的場合中。她是一位教養良好的名門淑媛，娘家的父兄也是政壇上有頭有臉的人物，對格森的前程，可想而知有著極大的正面助益。相較之下，小莫不曉得自己能給格森什麼？然而，他只是緊緊擁著她：「我只要這樣抱著妳就好。」她喜歡格森緊緊擁抱她，至少證明，此刻的格森是確實屬於她的。

小莫其實很愛格森，只是現實中有太多的問題要面對，而為了格森的下屆選舉，她只能選擇忽略。格森應該也是真心的，雖然小莫並不曾從他口中得到任

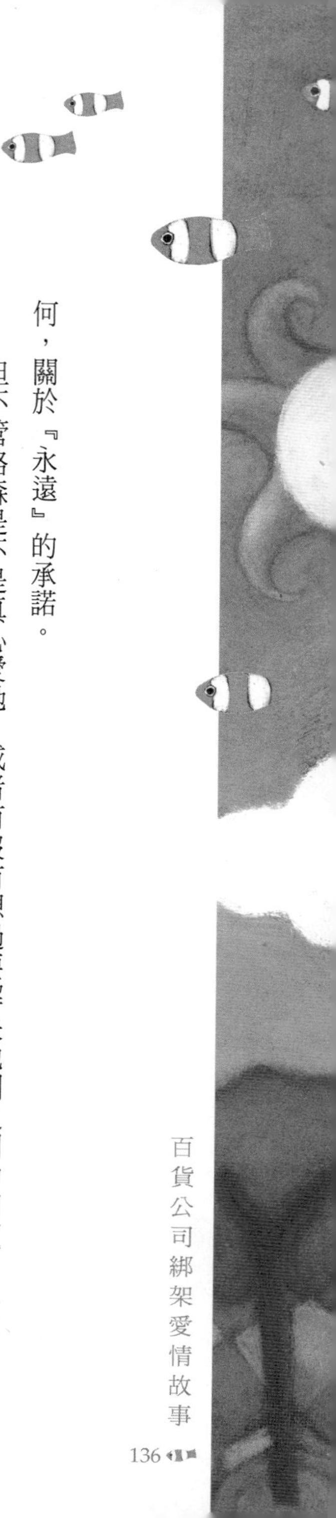

何，關於『永遠』的承諾。

但不管格森是不是真心愛她，或者有沒有想過要解決他們之間的問題，小莫都不願意想。以為，只要不去碰觸，他們之間，就不會發展到無法收拾的地步。

只不過，事情一向都沒有給她選擇的機會。

直到前陣子小莫發現自己懷了孕，雙方都知道這孩子不能留下，不為格森，也為著自己。一心想在工作上有所表現，現在正是她全力衝刺的時刻，不能因為孩子而放棄。可是她一直因為工作忙碌，沒有排定時間上醫院，反倒是格森會頻繁地詢問，孩子是不是還在？甚至，忍不住為她預約了時間。

「這樣也好，自己反而省事。」小莫原是這樣想著。

只不過，她偶爾也會懷疑，難道，在自己的人生當中，真的沒有一些事情，是自己的願意選擇？

打開落地窗，窗外窺伺已久的晚風呼地一下湧進房間，吹亂了安靜的空氣，帶著微微溫度的夏夜晚風烘乾了小莫眼角的濕潤。

明天，小莫心想，所有的事，都等明天再一併解決吧。

隔天下午進了電視台，依舊是忙亂的景象，電話嘟嘟地接連響著，傳真機持續吐著紙，指尖敲打鍵盤的聲音喀喀答答，閃避小跑步的同事，小莫走到自己的位置上。和自己座位相對的潘正斜眼看著她。

「一整天不見人影，妳想死啊！還好今天上面沒想到要找妳。」潘口氣兇狠，卻動作溫柔地遞上一杯氤氳著香氣的熱奶茶。「現在是我的下午茶時間，喏，私人送你一杯特調奶茶。」

「謝謝你，潘。」深深吸了口氣，「都是你害我餓起來了，我中餐……」知道自己不小心洩了口風，小莫連忙縮著脖子啜飲奶茶。

和她搭檔工作了幾年，潘和她默契良好，她負責採訪，而潘負責攝影，兩人各司其職，不僅在工作上配合得天衣無縫，在私底下，因為一種休戚與共的患難精神，他們倆更順理成章地成為莫逆之交。

潘當然明白她吞掉的半句話是什麼，挑起半邊眉毛，「妳說什麼？妳這混蛋究竟跑到哪裡去，去到連中餐都沒吃啊！」氣呼呼地從抽屜裡拿出小包餅乾用力拆開，「妳真的找死喔！」

因為生活的緊張，小莫一直有著胃痛的毛病，潘於是在自己的抽屜中準備了一些餅乾零食，讓她可以隨時有食物墊肚子。只不過這樣的細心卻抵擋不住小莫的壓力，工作中，胃痛偶爾會成為採訪的阻礙，潘還特別在身上帶了胃藥，以應不時之需。

雖然對她總是兇巴巴，但小莫知道，潘一直是她最能夠依靠的人，可以毫無畏懼地向他訴說所有的事，包括格森，包括孩子。而潘總是以一副寬容了解的模樣傾聽。

囁嚅著聲音，「我一早就去市議會收集資料啦，因為下午要蹺班……」

「是去找他嗎？」潘收斂起原先的火氣，低著眼瞼數著一片片蘇打餅，「還想要蹺班？不怕被擠下第一順位？」

電視台眾多爭取主播席位的採訪記者中，小莫一向表現優異，相熟的同事們在私底下排了序，小莫被視為極有勝算的人選。

但似乎就差那麼臨門一腳了，大家彷彿也在等待那樣一個機會，只要再有一條成功的新聞，她就可以順利坐在主播台前。

為了主播的位置，她不得不把握每次採訪新聞的機會，每回都拚了命的。

放下杯子，「不是，我真的是去收集資料。還有，等一下，潘你可不可以陪我去一趟醫院？」

難得的嚴肅，潘端正臉色，「我還是覺得妳可以不必要這樣……」

搖搖頭，打斷他的話，「真的不行，他不會有幸福的，而且，我已經決定——」

「小莫快點快點，大條的！大條的！」另一位同事興奮的跑過來，「妳出運了，剛剛發生了綁架案，上面要你們兩個去採訪，快走吧！」

方才傳來的消息，現在百貨公司中發生疑似綁架案，小孩的律師父母要求百貨公司放下鐵門，緝拿綁匪。綁匪似乎還在現場，只是情況未明。

潘皺著眉頭，「小莫，還是別去吧，現在狀況不明朗，妳一個女孩子，又……」邊說著，他一邊快速地收拾東西，轉眼已經扛起攝影機，「我們另外找個男記者去吧。」

堅決地搖搖頭，「不，我要去。」不曉得是不是真的看好她，主任竟然撥派

給她這件採訪工作。也是天賜的幸運，在那家百貨公司裡，小莫剛好有門路人脈，這一回的機會，說什麼她也要搶個獨家。

拎起衣服，小莫往車子的方向走去。潘匆匆跟上，臨上車之前還轉進公司樓下一家超商，出來時抓著一盒野餐三明治，丟給小莫，「吃點東西，不然又胃痛我才不管妳。」

車上，小莫的手機響起。是格森的助理。

「莫小姐，議員要我提醒妳，請妳今天記得到邱醫生那兒。」

「知道了。」隨意敷衍著掛上了電話，她開始覺得厭煩。

她自己知道該做什麼事，不需要別人一而再、再而三的提醒，更何況，孩子的去留可不可以，可不可以由她自己來決定？而不是軟弱地接受別人安排？

一直以來，小莫在格森面前總是扮演著柔順的模樣，因為格森總是要她：「乖，要聽話。」而她也總是做到了。雖然她自己明白，這個小孩的到來不在預期內，當然，也不會被歡迎，只不過，為什麼現在會有那麼一絲的不甘願？

似乎，只有潘看起來是不討厭這個小孩的。

轉頭看坐在身旁的潘，他正仔細地檢查攝影機的狀況。小莫大致上明白著，潘是很在意她的，那程度，比好朋友更甚了。雖然她和潘的認識遠在格森之前，但愛情不講先來後到，總也是毫無理由的，愛了就是愛了，對於潘，小莫只能說抱歉，自私地享受他的寵溺。

如果，如果可能，她會選擇重新再來一遍。而這次，有沒有格森都無所謂。

只不過，目前她似乎沒有半點選擇的餘地。

採訪車到了現場。

百貨公司的四周有些圍觀的人群，幾名警員在門口待命著，消息才剛剛揭露，媒體來得不是很多。小莫一眼看見和百貨公司保全人員站在一起的，熟悉的背影。

「喂！」小莫一把抓住那人的衣領。

「大姊?妳來採訪？」是小莫的弟弟，穿著合身的西裝。他正巧在這家百貨擔

任門口迎賓工作。

「先別說了，有沒有辦法把我弄進去？」

「拜託，現在裡面不曉得是什麼狀況耶！」鐵門放下阻絕了裡外的交通，他們被排隔在外，只能以對講機探聽裡面的情況。據推測，綁匪應該還在裡面，不曉得是不是有預謀的集團行動，小孩的父母非常著急。「搞不好還會發生槍戰喔！」小莫的弟弟很誇張的表情。

「這樣還更好。」她正滿心滿意期待一個超級頭條，「還有很多顧客在裡面不是嗎？那就不會有危險。」小莫不放過任何機會，一臉堅定。

看著不容許任何拒絕的姊姊，他只好無奈地透過相熟的保全人員，讓小莫及潘在神不知鬼不覺的情況下潛進了百貨。

「姊，」他最後拉住了小莫，「一切小心。」

和潘一起，由後門搭乘載貨電梯進了百貨公司，出了電梯，是地下一樓。小莫仔細地觀察四周，而潘則舉著攝影機，在她背後跟拍。然而，百貨裡並沒有想像中的緊張，不過逛街的人們因為無法自由進出，感到有些不知所措罷了。在民眾之間似乎有一些耳語流言紛紛地傳遞著，訪問的結果，卻是些不著邊際的胡亂猜測，更甚的，只剩全然八卦的意味。什麼「律師幫人解決官司糾紛，卻得罪了另一方，於是派出歹徒綁架律師的女兒」；什麼「其實原來要綁架的並不是律師的女兒，而是另外一位來看服裝展的富家小孩，因為某種原因綁錯人了」……

面對突然興致勃勃，都想接受採訪的民眾們，小莫不禁有些沮喪地想，那、那現在究竟是哪裡有狀況？原先她所設想，可能有的緊張衝突呢？

氣惱之餘，胃痛的老毛病突然發作，慘白著臉的小莫痛苦地癱坐在地上，一旁的潘立刻放下攝影機，拿出包包裡的止痛藥讓她服下，但卻仍然無濟於事。不得已，潘緊急聯絡其他記者接手採訪，然後將她送醫。

在醫院裡，小莫讓醫生診斷過之後疼痛終於減輕，潘陪著她在病房內休息。「妳看妳，就是不聽我的話才又鬧胃痛，越來越嚴重了妳。」潘還是兇惡的語氣，手上卻極笨拙地削著蘋果。

「你不是說不理我嗎？」小莫雖然虛弱卻不放棄挑釁的機會。

「哼，下一次，下一次我就真的把妳丟在路邊！」終於削好了醜醜的蘋果，潘片下來遞給小莫。

「我現在好像不太能吃東西吧？」她覺得好笑。

而他只是愣了一下，「啥？」好像，陪病人就要削蘋果給他吃的嘛，啊電視上不都這樣演？這樣做不對嗎？

「對了，綁架案結果怎樣？」小莫突然想起，在她緊急就醫的同時，應該已經有同事接手採訪了。

「不曉得，看看轉播。」潘打開了病房內的電視。

頻道正轉播著百貨公司現場。畫面上出現了緊緊擁著小孩的一對父母，那神情看來是悲喜交集的，而小孩——應該是個女孩，但現今卻頂著短短的頭髮，穿著也是男孩的打扮——還抱著爸爸的脖子，歷劫歸來的驚恐模樣。

「太好了，小孩終於還是找回來了。」小莫忘記了沒有頭條新聞的遺憾，反而全心全意地感謝著，感謝老天，讓所有親愛的人都能團聚。

這時，小莫的手機又響起。

「妳現在在哪裡？」這回是格森親自打來的電話，語氣是有點著急氣憤的。

「我在醫院啊。」

「醫院？可是邱醫生說妳過了預約的時間都沒出現，妳究竟是要怎樣？」不知怎地，格森似乎生氣極了。

「怎樣？我還能怎樣？」小莫被他的語氣激怒了，所有委屈害怕一下浮上心頭。

兩人在電話中起了爭執。

潘靜靜起身離開。

「妳知不知道，我為了妳要想多少辦法，才能預約到醫生的時間？妳知不知道，為了避開媒體，我要花多少心思？而妳，妳現在跟我鬧什麼脾氣？」

「我當然知道，只不過我現在更明白的是，你所在乎的不過就是孩子！你有沒有想過我？」為什麼格森沒有問問，究竟她失約的原因是什麼，反而所有的懸念都在孩子身上？

「孩子？妳現在還為了孩子跟我發脾氣？我以為我們已經有了共識！」

「共識？去你的共識！」小莫掛掉電話。這也是一條生命啊！

方才在百貨公司中，她發現，所有的人都將這樁綁架案當成是生活中偶然有趣的插曲，因為反正事不關己，真正著急的只有小孩的父母。而此刻，有另一對父母竟是如此殘忍。

還有，那個被綁架的小孩才多大，她在當時也一定是很驚慌的吧！？小莫情不自禁把手掌貼在腹部，剛剛胃痛發作時，她曾經想到，那是不是她腹中孩子的恐懼呢？她有權力這樣輕易決定小孩的去留嗎？每個小孩都該享受幸福的，如果，孩子的父親不愛，那她這個作母親的，是不是應該給他雙倍的愛？

如果，如果父親真的不愛……只是，她真的有把握，可以給孩子幸福嗎？

潘再回來的時候，小莫持著已關機的手機發呆，臉上明顯是剛哭泣過的痕跡。

「想不想出去走走？外面的天氣好像不錯。」潘忙碌地收拾著，漫不經心的詢問。

「潘，」小莫低下頭，「我是不是真的別無選擇？我好累，真的好累。」真的太苦，她是不是可以逃開，可以有另外一種選擇？

他只是輕輕地對她說，「當然有，請讓我當孩子的爸爸。」

看了他一眼，小莫又低下頭，「別再開玩笑了。」

「我是認真的。我們把孩子留下，好不好？」

透過攝影機的鏡頭，潘一直看著小莫。他看見她想成為主播的努力，也看見她為了格森的掙扎難過。但是，他不想只是看著她，想在她面臨無助的時候，給予她支持。

如果她願意接受。

「我知道妳不是不愛，而是以為不能愛。如果那人不要，那就讓我來給孩子幸福好嗎？這樣一來，妳仍舊可以為妳的夢想努力。」

他想過了，他們可以給孩子一個正常的家庭，有爸爸、有媽媽。他會努力讓她愛上自己，如果還是不行，那至少，他不是只能看著她。

「妳不必擔心，我們嘗試看看，以好朋友的關係組織一個家庭，如果那人解決了他的問題，到時候，我就退出。」

「潘……」她不要，不要自己變成那樣自私的人。他大可不必這樣委屈自己，全然地付出卻得不到任何回報。

「噓，給我個機會，我們試試看，好嗎？」潘專注地看著她。

這一瞬間，小莫抬起頭看見潘的眼睛，想起了，每回工作時面對攝影機的鏡頭，都會真實地感受到，至少有個人是全心地注視著她、陪伴著她，在最無助的時候，身邊還是潘及孩子。如果可以，小莫想要和此刻最親近的人，永遠在一起。

敞開的房門外有人推著幾架輪椅安靜地滑過，上頭坐有戴著口罩的病童，黑亮亮的眼睛骨溜溜轉著，彷彿看不完世界的新奇。那瞬間，小莫強烈地希望，將來能告訴孩子，媽媽遇到了多好的一個人。

於是她下了個決定，決定將孩子留下。

「至少，我應該給孩子一個機會，來看看這世界有多麼美好，對不對？」潘微笑著點頭。

如果格森不願意，至少，她會傾自己所有的力量，給孩子幸福。

如果她能力不夠，還有潘。

她開始想像，一個由好朋友所組織的家庭，或許能給孩子更多的快樂。穿過窗外的夕陽餘暉，走廊那頭傳來那群病童們淺淺的笑聲，閉上眼睛，小莫彷彿聽見了，她的孩子將用同樣脆亮的嗓音，愉快地歌唱。

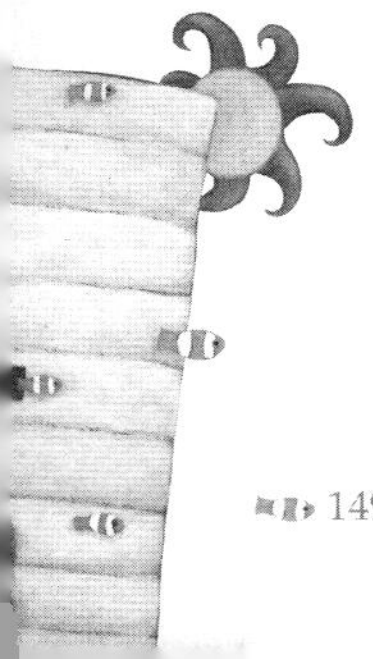

被記憶復仇的人

陳國偉

星期三下午兩點，我從警衛休息室走出來，準備上樓到大門口和阿義交班，應該是個輕鬆的午後，因為不是人潮洶湧的週末假日，但是就在那一天，悲傷襲我而來，我，再也離不開那記憶的綁縛，成了被記憶復仇的人。

當我走出休息室時，播音器中正放送著廣播節目，那聽來略帶歇斯底里的主持人男聲我早已十分熟悉，但還覺得有趣，主持人常放一些西洋和日本歌曲，尤其前一陣子常放那種以前在那卡西會聽到的演歌，後來好像也有人翻唱，那曲調有種幽幽的哀愁，容易勾起人對於生命中曾經的美好記憶流逝的悵憾，但我們真正所遺忘的內容，卻再也想不起來了。

習慣性的往手扶梯走去，經過冷清的美食街，收拾碗盤的歐巴桑團坐在一起聊天，經過時還跟我打了聲招呼，轉換到這裡工作已經三年，仍不習慣和人太過熱烈的接觸，或許這是因為以前工作養成的慣性。

每個人都問我為什麼放棄高薪來從事這樣的工作，要我說個明白也不太容易，因為我其實也不是那麼徹底明白自己，只是在三年前那件事發生之後，我就再也無法回到以前那個家，回到以前的工作崗位，或許是因為那些地方有太多的回憶，而我得逃開。

踏上手扶梯，習慣性的看自己的腳，工作時間之外，我習慣性的不和別人眼神接觸，習慣，都是習慣，我把自己從一組習慣中拔了出來，卻又種入另一組習慣。

上到一樓，繞過正在跟顧客宣傳的專櫃小姐，閃過一群推擠著要贈品的年輕小妞，還有一直問前面怎麼這麼熱鬧，到底發生什麼事的好奇歐巴桑，準備到大門口，卻沒想到被一群身著華服的女人給擠了回來，她們濃妝豔抹，大剌剌的就開始穿脫衣服，我這才想到今天下午預定要舉行的服裝發表會，我一不小心走到後台來了。

眼看要和阿義交班的時間就快到了，等會不免又被阿義削一頓，我實在受不了他的囉唆，我得趕快到大門口去。

但人潮愈來愈多，除了忙著布置場地的工作人員，還有圍觀的顧客，我不知不覺走入人潮中，愈走愈擠，才一會兒我就發現我被困住了。

掙扎了好半天，我才從人群中脫身，遠遠看到阿義已經在門邊探頭探腦，似在察看我是否已到，我加快腳步，而且決定從中間手扶梯旁的小空隙走，以避開突如其來的人潮，正當我走到手扶梯向上的那頭，離大門已經只剩幾步時，一股強大的衝撞力量向我襲來，我一時重心不穩，跌倒在地，順手還拉倒了一個正在解說的專櫃小姐。

摔落地面時我頭抬了一下，隱約看到肇事的是一個女人。

正當我爬起來，準備教訓她一頓時，她已經消失在我身邊，這時旁邊一個好心的老先生指著手扶梯對我說：

「她上樓囉。」

我向他點頭示意，轉頭看看手扶梯上，只有一個女人，但在看到她的那一剎那，世界突然緩慢了下來……

好像……

我悄悄的走上手扶梯，雙唇緊閉，一位太太走上來也指證歷歷是前面的女人把我撞倒，但我只是伸出手將她隔開，靜靜的看著上面的女子。

我不由自主的被她吸引著，她的背影看來纖瘦，大約一百六十公分，穿著黑色的短式皮衣，黑色的皮裙，高統黑色皮靴，髮色紫棕，手上好像提著一個皮包，但從我的角度看不清楚，於是我猜想皮包也是黑色亮面的。

猜想？是的，我猜想，我的腦海中突然閃過這樣一個念頭，黑色亮面皮包。

她上到二樓，先看看左邊，又看看右邊，快捷的就往右邊走。

這時我才看到她的側面，手上果然提了一個黑色亮面皮包，從這個方向看得出來她戴著一隻眼鏡。

這時我的腦海又閃過一個念頭：赤框黑色太陽眼鏡。那種帶著訊息又有模糊畫面的感覺，就像你看著一個打開的門，門後面突然丟過一個東西那樣迅速，但又模糊。

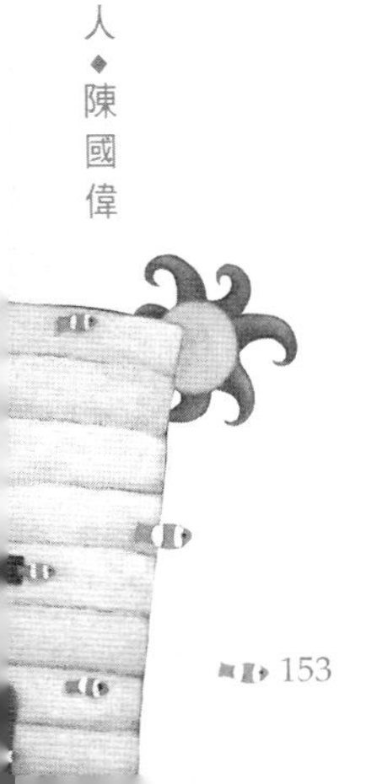

我跟著她上了二樓，遠遠看到她好像在躲什麼，總是跟在人後面走，還低著身子，但又不時探出頭去看，好像在找什麼東西，後來她到了咖啡座，找了位子坐下來，好一會都沒有人來招呼她，好像她不存在似的。她看起來有些緊張，始終打量通往戶外天橋的出入口，在她回頭時，我確認了我的直覺。

赤框黑色太陽眼鏡。

又過了幾分鐘，她站起身來，挪了挪眼鏡，繞了二樓一圈，又搭上手扶梯。快要到頂時，她抬頭看了看旁邊寫著「三樓紳士服飾」的吊牌，又繼續往四樓上去。

在她轉身往四樓上去的瞬間，她順手將她的眼鏡拿了下來，往我這邊看了一眼，在那一剎那，我看到了她的臉。

那是種腦袋好像瞬間被都抽空的惶然感，我完全不能思考，而且頓時我好像全身被冰凍了，都僵直了，手扶梯將我送到頂端三樓時，我停在梯口一動不動，手腳好像都不是我的似的，完全沒有知覺，但我的腦子卻不斷翻轉，一個畫面接著一個，像是不斷翻閱著照相簿。

她的形象逐漸浮現，在每一張畫面中，綁辮子的她、穿學生服的她、穿套裝的她、穿白紗禮服的她、穿黑色皮衣的她。

是她，黑色皮衣、皮裙、皮靴，黑色太陽眼鏡，她最喜歡的裝扮，還有她最奇特的紫棕色髮，髮型也一模一樣，是她，是她沒錯。

記憶停在那年夏天，我們的最後一個夏天，她突發奇想的說要到墾丁去玩，說我們之間的回憶太少了，她希望製造更多的回憶。於是我們就開著車去，那天陽光特別的炙烈，空氣像被焚燒似的在身邊游動，她還一反常態的要求我把冷氣關掉，把車窗打開，好讓車子裡飄散夏天的味道，她把車子的天窗打開，鑽了上去，在上面大喊大叫，一路上她好興奮，好興奮，甚至只穿上鮮紅的比基尼泳衣。但是，我們根本沒到達墾丁，只到了楓港，就只到了楓港……

「先生，你擋住後面的人了。」

腦海中的畫面突然熄了燈，暗了下來，一個粗啞的男聲將我喚回現實，我一直站在扶梯口，獃了好一會，我才意識到她已經消失在我的視界裡，趕緊再往上爬，走進四樓的賣場。

我在四樓繞了一圈，沒有發現她的蹤影，一直到五樓，才又跟上她，她走得極慢，還不時繞進各專櫃，手作勢在翻看貨品，但她抬起頭來張望的時間比低頭多，而且似乎都往同一個方向看。五樓是童裝部，雖然是星期三的下午，但仍是有許多媽媽帶著小孩來逛，甚至一家人的也不少，她看的方向同時有好幾對母子在試衣服，也有一家三口在看鞋子，所以不能確定她看的對象。

難道她在看小孩嗎？這一直都是我們爭執的焦點，結婚多年，我一直要求她為我生個孩子，但她遲遲不肯，她的理由是，一旦我們有了孩子，那我們之間存在的就不再是愛情，甚至也不是一家人的親情，會完全變成純粹是對孩子的牽絆；那麼一來，對我而言，她將不再是個女人，而是個母親，這樣一來，我們的愛情必然死滅，我終究會忘了她的。

或許吧，正如她所說，假使我們有了孩子，我們將會以對孩子的愛相互交集，到那時，我們眼中的對方會是什麼呢？我不知道，我們並沒有走到那一天，也沒有機會驗證了。

那麼現在，她又在做什麼呢？不，或許我不應該這麼想她，她是她嗎？身材相仿，衣著打扮完全相同，連走路的姿勢都那般一樣，她是她嗎，她是那個夏天在我身邊消失的她嗎？

「警察先生，請問廁所在哪裡？」兩個穿著高中制服的女生，手拉手笑瞇瞇的走過來。

「喔……我不是警察，洗手間在電梯旁邊。」

這時我才發現她又不見了，我跑到她剛剛待的專櫃，找負責的小姐問她的行蹤。

「剛剛在這裡有一個紫棕色頭髮的小姐，妳有看到她去哪了嗎？」

「紫棕色頭髮小姐？」售貨小姐想了一下，「沒有印象耶。」

「剛剛她就站在你身邊啊？」難道是我眼花。

「我旁邊？沒有啊？你看錯了吧。」她說完不理我，逕自去招呼客人了。

我又跑去問其他她進入過的專櫃，售貨小姐都異口同聲說沒看到這樣的人，這讓我既沮喪又驚訝，心裡直想：

這怎麼可能！難道，難道我真的看花了？還是說，她真的……真的只是為了

出現在我面前嗎？

那年夏天，炎炎日曬下，溫度燃燒到38度，全身的汗都要被烤乾了，開始親身體驗到鹽的生成方式，手臂上都可以抹出鹽粒來，偏偏她不願意開冷氣，要讓夏天的風吹進來，雖然風強，但卻抵不住熱，我熱到將上衣脫掉，打著赤膊開車，她的手指繞著我的肚臍轉圈，突然說：「你不能忘了我喔！」說完突然捏起我來，一直笑我身材開始走樣了，我也不甘示弱，玩心大起的扯起她的比基尼來，她開心的笑著、閃躲著，還趁機偷掐我的腰，一直鬧著笑說：「我要這個游泳圈……」

我閃著她尖薄的指甲，扭著不讓她掐到，沒想到一回神，一台遊覽車迎面而來，我竟然開到對面的車道上。

「叭！叭！」

我馬上閃回原來的車道，正慶幸躲過一劫，沒想到旁邊叉路衝出一輛轎車，我再打方向盤想閃過，結果車子嘩一聲的衝出了車道，往外飛墜。

失去意識前，我聽到她的笑聲轉成尖嘯，然後就是一聲：

「再見。」

等我回復意識時，我已躺在病床上，後來警員告訴我，車子墜落前，我就被彈出車外，所幸只是左腿大腿骨折，還有一些擦傷。我趕緊問她的下落，警員說後來車子爆炸，掉落山崖，最後掉入海中，他們還花了好一陣子才到達山崖底，還在尋找她的屍體。

我一聽到屍體，整個人說不出話來，有一股氣梗在喉頭，感覺像要窒息。警員告訴我，依現場狀況研判，她應該是身亡了，因為她並沒有像我這麼幸運，墜落前就彈出車外，若墜落途中彈出，依山崖的縱深，也必定會摔死；而如果是還待在車上的話，依照那樣爆炸墜落的情形，沒有倖免的可能。至於屍體仍未尋獲，很有可能是車子落入海中，剛好遇上退潮，被海水沖走了。

「她是回來看我的嗎？還是發覺我漸漸的已經忘了她，所以來提醒我，要我記得，是我害了她，到底她是生是死？」雖然我的理性告訴我她不可能生還，但她，卻如此真實的出現在我面前。

難道，她真的沒死……理性與亂想互相交纏著，把我的腦子搞得轟脹欲裂。

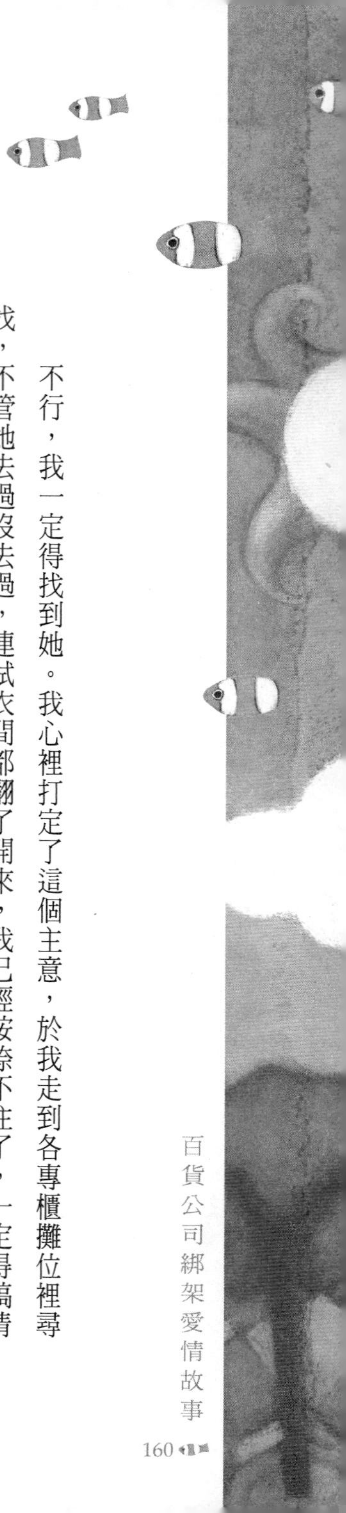

不行，我一定得找到她。我心裡打定了這個主意，於我走到各專櫃攤位裡尋找，不管她去過沒去過，連試衣間都翻了開來，我已經按捺不住了，一定得搞清楚，她到底是不是她，但整層樓都找遍了，就是不見她的蹤跡。我心想，她一定是上樓了。

上到七樓，震耳欲聾的轟聲此起彼落，這裡是頂樓遊戲區，除了有摩天輪還有一些碰碰車、八爪章魚等遊戲器，機械碰撞的聲音讓人直吃不消，我轉而走向表演舞台尋找，遠遠就看到那頭紅髮，在人群中忽隱忽現。舞台四周人潮也不少，大多是大人抱著小孩，盯著舞台上的小丑津津有味的看，她本來也朝舞台的方向，還不時低下頭，我慢慢推開人潮往她的方向走，漸漸靠近了，她好像感覺到我的逼近，轉過頭來看著我，幽幽的笑了一笑，她的眼鏡已經拿下，在這樣的距離內，我心裡認定那就是她了，但我得親口問她。

但似乎她不願意給我機會，她突然急忙的往電梯方向走，而這時小丑表演告一段落，人潮突然湧來，推擠到我的前方，我跟她之間像突然豎起了一道牆，等我越過之後，她已經進了電梯。

一旦電梯往下，我就會失去她的行蹤，正當我懊惱的蹲在電梯口時，掛在我腰部的無線電對講機響了，是阿義的聲音：

「效東，你不來換班跑去哪裡啦？出事了！有小孩走失了！」

於是我趕緊搭下一部電梯回到一樓，阿義正站在一個穿著西裝的男人身邊，像在跟他解釋著什麼。我趕緊走過去，聽到那個西裝男人說：

「我不管什麼顧客權益，你們一定要封住所有出入口。」

她旁邊站了一個穿著套裝的女人，表情凝重，正講著手機。

「我和我太太都很堅持這樣做，如果你們不配合，到時我告得你們夏日百貨吃不完兜著走，你們願意負這個責任嗎？」

這時候保全主任跑了上來，跟他溝通了許久，這時我才知道他是一個有名的律師，姓方，他認為他的小孩可能是被綁架了，所以要求把所有的出入口都封住，雖然他知道這個要求是過分了些，但他還是執意如此。

於是保全主任要我先回到控制室，也許可以從監視器中看到什麼蛛絲馬跡，他和阿義留在現場，其他樓層他已經叫另外的人去巡了。

我一回到控制室，就逐一每層樓開始監看，沒想到才看到二樓，就發現有一個穿著白色洋裝、紮著辮子，特徵十分符合的小女孩，正當我準備按下對講機時，一個身影從監視器前掠過，她，竟然又出現了。

我鬆了手指，操縱著螢幕的變換，快速尋找她的畫面，沒想到當我再度找到她時，螢幕中的她莫名的抬起頭來，笑了一笑。

熟悉的笑容。

我直奔鏡頭所指的區域，二樓女裝部，途中，我又遇到阿義，他攔住了我。

「哎！主任不是交代你要負責監看嗎？你要去哪裡？」

我連忙推開他，怕她又消失了，直接從逃生出口的樓梯往上爬，但待我衝到二樓，剛剛發現她的地方，但她已經不在了，我環顧四周，連忙拉著售貨小姐問她的特徵，都沒有人看到，正當我準備再到其他樓層找一次，正要踏上手扶梯時，一個工作人員從我身旁走了過去，她手上抱的事物引起了我的注意。

那是一個有著紫棕色頭髮，穿著黑色皮衣、皮裙、皮靴，手上挽著黑色皮包，跟我剛剛看到裝扮，甚至身形比例都和她一樣的模特兒人偶。

我簡直不敢相信，連忙問抱著人偶的工作人員，她語氣神秘的說：

「這個人偶很奇怪喲，昨天才剛送到，今天下午就莫名其妙不見了，而且這套衣服也不是我們本來進的，是公司送錯的，他們叫我們先擺，到時再看看怎麼樣。」

我怔怔的望著工作人員，只見她又開始說：

「而且，剛剛是一個掃地的歐巴桑跟我講她在七樓看到它，結果我上去找沒看到，你知道我在哪裡找到它嗎？電梯裡耶！你相信嗎？人偶會搭電梯耶！」

聽了這些話，我真的不知該作什麼反應，我內心的驚訝，甚至已經到了驚駭的程度，我剛剛究竟看到的是什麼？是這個人偶嗎？是她嗎？到底是什麼？

好不容易，我才擠出一句話來，「可是我剛剛看到她到處走……」

「你知道嗎？我到這裡來作很久啦，這裡常常會發生一些很奇怪的事啦！習慣就好了，習慣就好了。」

我仔細的端詳人偶的臉，跟她也是有七分相似，遠遠看真的就和她一模一樣，而且它的笑容，淺淺淡淡的，和平常的她非常相似……

工作人員後來就抱著它離開了，我問她要抱到哪裡去，她說要抱到貨倉，我看著工作人員把它抱走，覺得它好像在對我笑，愈來愈遠，愈來愈遠……

等我失魂落魄的回到控制室，已是搜尋整個被封閉的百貨公司，一個鐘頭以後的事了，但我再也沒有看到她的身影，後來阿財走了進來，嘰哩呱啦講了一堆綁架案的事，說是小女孩的親身媽媽，她媽媽還把小女還扮成男生，她媽媽穿得很辣……我打開水龍頭，抹抹自己的臉，水柱沖激的聲音讓我沒聽清阿財的話，只知道他形容了好久那個辣媽的穿著，但我一句話也沒聽到，他看我神情恍惚的樣子，問我到底發生什麼事了，我沒有回答，反而問他今天晚上誰當班。

「我啊，還有誰！唉，今天是我馬子生日耶，我還是只能……」阿財無奈的抱怨著。

「我跟你換好了。」

「真的嗎？」阿財不可置信的看著我，「你說真的，那就謝謝你囉！」

到了晚上阿財走了，大家也走了，十一點了，百貨公司也打烊了，整個大樓只剩下我一個人，我悄悄的拿著一串鑰匙，走到貨倉，一個售貨小姐剛要離開，微笑的跟我說：「工作沒做完，明天要上新企畫了。」

我點頭示意，直到確定她離開，才走進貨倉。

打著手電筒找了許久，才找到女裝部的存放位置。

但眼前的景象，我簡直不敢相信。

那熟悉的身形，紫棕色的頭髮，微笑的嘴唇，熟悉的臉龐，一手叉腰，一手向下垂，而在她身上的是，那年夏天我看到最後的她，身上所穿的那件，鮮紅色的比基尼！

她的表情有點微嗔，像是責怪著什麼，又像是等待了很久似的，眼神直直的望著我，空氣裡的滯悶好像熱浪襲來，我彷彿聽到那年夏天她對著我說：

「你不能忘了我喔！」

而我徹底崩潰，哭喊著說：

「對不起，我忘了妳，是我的錯，對不起！對不起！對不起！」

深夜的空曠倉庫裡，我不能自已的，淹沒在遺忘的罪惡感之中。

最失敗的記者會

阿　法

車水馬龍的大街上，一輛天藍色的休旅車猛然右轉進夏日百貨的露天停車場，後方來車紛紛緊急煞車按起喇叭。

「快點，記者會已經開始半個小時了。」

司機把車停在百貨後門，首先打開後車門走出的是一個年輕男子，他緊張地對著車裡說道。

「急什麼，那些記者就讓他們多等一會兒，反正他們也只能跑跑這些無聊的新聞。」

一個不耐煩的聲音傳出，目前正知名的主持人兼電影明星趙宗賢緩緩地步下休旅車。高大英挺的他穿著一襲合身的白色西服，頭髮染得如嘉年華煙火，好像正要去南太平洋的某個小島渡假。

憑著出色的外表和機智的口才，五年前趙宗賢從歌壇跨足主持界，逗趣辛辣的風格廣受年輕世代歡迎，立刻一炮而紅。後來又得到國際知名導演的青睞，在電影中擔綱主角，票房不菲，成為影、歌、主持三棲的全能藝人。

他悠閒地整整衣領，伸了個懶腰，還不忘讚美一下林蔭蓊鬱的露天停車場，「這裡不錯，空氣很新鮮。」

「你當然沒關係，反正被罵的都是我。」

身為大明星宣傳的小劉即使心裡不滿，但也不好反駁，趕緊拿了記者會要用的稿子往百貨公司走去，「宗哥，我們快走吧！」

就在兩人邁步走向高聳亮麗的百貨時，眼前的景象卻讓他們不禁愣住。

「這是怎麼一回事？」趙宗賢瞪大了眼睛問道。

明亮寬敞的百貨公司後門，此時居然被重重圍上黃色的「禁止入內」塑膠條，還有幾個制服筆挺的警員駐守，面色凝重地朝對講機通話；而在他們後方，顧客則依然悠閒地繼續逛專櫃、血拼，畫面形成強烈的對比。

「百貨公司暫時封鎖，任何人都不得進出。」當趙宗賢和宣傳小劉接近時，一名面目剽悍的警員攔住他們。

「請問，這是怎麼一回事？」小劉疑惑地問道。

一名百貨公司的副理走來，面帶歉意說道：「抱歉，因為剛剛接獲通知，有一名小女孩在本公司裡面遭到綁架。根據研判綁匪應該還沒有離開，所以在家長的堅持下，本公司協同警方緊急封鎖整棟大樓，以便警方查緝綁匪行蹤。百貨內的顧客行動不會受到限制，但是在封鎖期間所有人員不得進出。所以請兩位稍候，造成不便請多多包涵。」

趙宗賢不太高興地大聲說道：「拜託讓一讓！我急著進去開記者會！」

「您就是今天下午兩點半要在本公司六樓召開記者會的趙先生！久仰久仰，我們全家每個禮拜都有收看您主持的節目，真的非常精采。」

一聽到有飯死（fans）在場，趙宗賢立刻露出職業笑容，說道：「製作好節目本來就是我們的責任。你叫……」趙宗賢瞥了一眼對方的名牌，「國俊啊，就請你幫個忙讓我們進去，我們已經遲到半個小時了。」

「對啊，請幫忙一下。」小劉也說道。

「這……」吳國俊露出為難的表情，「不是我不幫忙，可是還有警方人員在場，我實在……」

「這有什麼關係，」趙俊賢搭住吳國俊的肩膀，邊說邊往前走，「就當作我們是貴百貨的員工，你陪我們一起進去就好了。」

不料走沒兩步，方才那名警員再度攔住他們，「這間百貨公司已經封鎖了，任何人都不准進出。」

趙宗賢大概沒遭受過這種待遇，很不高興地說道：「我都說了，就當我們是這間百貨的員工，由這位吳副理陪我們一起進去，難道也不行？」

警員似乎也不想多做解釋，板著一張國字臉，冷冷地說道：「不行就是不行，就算你是董事長陪也一樣。」

「你這個人怎麼這麼不通情理？」趙宗賢不改主持節目的習慣，一激動起來手勢就特別大。

「趙先生，如果你再繼續這樣，我就以『妨礙公務』為由，請你到局裡開記者

會。」

「真不知道我們納稅人繳錢到底是為了什麼？」碰了一鼻子灰，趙宗賢一臉怒意地離開。

小劉見狀趕緊說道：「不然我們先回車上休息，順順等一下要講的稿子，等狀況解除了再進去吧。」

「好吧。」

趙宗賢雖然臭著一張臉，但當吳國俊面帶歉意地朝他鞠躬時，仍不忘露出「你們辛苦了」的笑容。

（一月前）

攝影機的紅燈熄滅，「好，卡！大家辛苦了。」導播滿意地點點頭，工作人員趕緊清場。

趙宗賢解下麥克風，剛走下舞台就看見電視台的王經理和製作人林為人站在一旁說話，他趕緊迎上去笑道：「王經理，怎麼有空來棚內？」

「你們過來一下。」王經理面色凝重地說道。

「怎麼了？」趙宗賢疑惑地跟上去。

三人來到經理室，王經理打開桌上的電腦螢幕，「你們看看這個收視率調查，自從四支電視台的《晚安，軍團司令！》開播以後，這兩個月以來我們的收視率節節下滑。」

趙宗賢和林為人不發一語地看著畫面上有如股票跌停板的收視率曲線。

「這都是我的責任，請再給我一些時間，我一定會想辦法做出更吸引觀眾的節目內容！」林為人先開口說道。

王經理瞥了他們一眼，繼續說道：「收視率下滑不是一兩個人的責任。不過《天王Talk Show》是本台的招牌節目，上層對此非常重視。已經有風聲傳出，如果收視率持續不振，下季可能會更換主持人。」

聞言趙宗賢露出不可置信的表情。

「慢著慢著，這個節目一開始就是為我量身訂做的，每個單元的企劃我也有參與！怎麼會？」

王經理示意他保持冷靜，「我知道你對這個節目投注不少心血，但在這裡收視率就是一切，你也是因為創造了超高收視率，才被捧成本台的天王。如果我沒記錯，你的上一部電影和專輯，好像銷售量都不怎麼樣，對吧？」

面對買氣低迷的事實，趙宗賢雖不服氣也只能點頭。

「你們好自為之，快想出個對策吧。」

正當王經理準備離開時，林為人突然說道：「請稍等。」

「什麼事？」

「今天我看到一篇報導，不知道要怎麼處理，正好提出來大家商量一下。」

林為人拿出一份八卦雜誌，翻開其中一頁，雖然篇幅不大，標題卻清楚地印著「知名藝人趙宗賢傳有私生子」。

王經理看了十分生氣，說道：「這件事在圈內早就是個公開的秘密，也告知過各媒體不可報導這方面的事情，否則一律封殺，是哪個不上道的？小林你去查查這是誰寫的，如果有必要我們也發新聞稿澄清。」

「是的。」林為人說道。

簡單地指示後，王經理搖搖頭感嘆道：「這年頭的人真是越來越不能相信！」看到眉頭緊皺的趙宗賢，王經理又笑道：「你別擔心，小雜誌嘛，嚇嚇他們就沒事了。」

不料趙宗賢突然說道：「王經理，我覺得這件事我們暫時不要出面說明。」

「喔？」王經理和林為人都驚訝地看著他。

※　※　※

「這是什麼爛車，冷氣一點都不冷！」坐在舒適的休旅車裡，趙宗賢因為方才被拒於門外，沒來由地發起脾氣。

「冷氣已經開到最強了。」司機有如機器人般簡短地說道。

為了安撫他，小劉趕緊說道：「宗哥你先休息一下，我去幫你買可樂，喝了就不會熱了。」

小劉離開後，趙宗賢仍舊十分煩躁，怎麼樣都覺得不自在，索性打開車上的液晶電視。

「……目前夏日百貨已經全面封鎖，警方正逐步清查百貨公司內的顧客及員工，希望能夠儘早將綁匪繩之以法。……」一個年輕貌美的女記者正站在夏日百貨的正門口做SNG連線。

「原來已經上新聞了，動作可真快。」趙宗賢露出佩服的表情。

「……我們已經跟剛好在百貨內採訪的記者ｘｘｘ連線，請他描述目前百貨公司內的情形……」

「咦，那個ｘｘｘ不是要來採訪我的記者會嗎？搞什麼，全部都跑去報導綁架案了！」趙宗賢顯得更加不悅，前座的司機則面無表情地繼續看著新聞，好像趙宗賢只是一隻饒舌的八哥。

「……目前百貨雖然封鎖，但是裡頭的顧客行動並未受到限制，一樣可以逛街、購物、吃東西，就是不得進出。」連線記者的音質十分低劣，大概是透過公用或行動電話的關係。

「……警方目前正在逐層清查可疑的人員，及嫌犯可能藏匿的地方，並沒有任何進展。」

「謝謝記者ｘｘｘ的報導。剛剛我們得到了被綁架者的照片，」在畫面左上方立刻出現一個可愛小女孩的照片，「被綁架的小女孩今年五歲，名叫方心蕾，是知名律師方○○的獨生女。目前還沒有接到任何勒贖的電話，警方認為嫌犯及肉票都仍在百貨公司內，正嚴密搜索中。如果有民眾有任何線索，請跟警方立即聯絡。……」

（四週前）

「其實我自己來就好了。」坐在婦產科的走廊上，一名打扮樸素的少婦對著趙宗賢說道。

「那怎麼可以，要是真的有了，我當然要第一個知道啊！」趙宗賢一邊說道，一邊頂著太陽眼鏡。

「瞧你那麼興奮，又不是第一次做爸爸了。」

正在兩人閒聊的時候，護士朝外面喊道：「17號，顏牧紗！」

「我進去囉。」少婦起身說道，趙宗賢對她投以笑容。

「真是太棒了，我又要做爸爸了！」走出婦產科時，趙宗賢興奮地摟著顏牧紗說道。

「對啊，這樣浩浩總算有個弟弟或妹妹了。」

就在兩人高興的時候，暗中有人按下快門把這一幕拍了下來。

※　※　※

「這個綁匪也太沒人性了，居然綁架那麼小的小孩。」看了直播新聞後，趙宗賢十分氣憤地說道。

司機瞥了他一眼又轉過頭去，眼神好像在說「你那麼有錢，當然不用去綁架律師的小孩囉」。

小劉回來了，趙宗賢接過可樂，又抱怨道：「你怎麼去那麼久？我都快渴死了！」

「這不就回來了。」小劉陪笑說道，雖然心底很不爽，但是面對明星仍然必須保持和顏悅色，這就是作為宣傳的基本功力。

「你去問問看，還要多久才能進去？」趙宗賢又說道。

「我剛剛問過了，最快也要一個小時。」

「一個小時？！」趙宗賢露出十分吃驚的表情，誇張地說道：「那不就得等到四點以後了？」

「宗哥，這個記者會是非開不可，王經理和林哥都已經在裡面了，就委屈你等一下吧。」

趙宗賢沒好氣地搖搖頭，「算了算了，誰叫我這個人最樂意配合別人了。」

（三週前）

王經理拿著一本八卦雜誌扔在會議桌上。

「你不是說不用出面說明，你會處理，結果現在連這種照片都出來了。」

雜誌特別用彩色印刷刊出趙宗賢和顏牧紗從婦產科走出的大幅照片，雖然趙宗賢戴著太陽眼鏡，不過一眼就認得出來。

「照得挺不錯的嘛。」趙宗賢拿起來看了一會兒，讚美道。

「都什麼時候了，你還有心情開玩笑。」王經理搶過雜誌遞給林為人。

「你別擔心，」趙宗賢邊說邊點起一根煙，「其實這個都是我安排的。」

「你說什麼？」王經理驚訝地看著他。

「對啊，記者是我去找的，我跟牧紗去婦產科檢查的時間，也是我告訴他的。」

王經理坐到椅子上，斜睨著趙宗賢說道：「你這樣做是為什麼？你難道不知道現在各報章雜誌把你寫得多不堪、下流嗎？」

趙宗賢把雜誌從林為人手中拿走，扔在桌面，「不這樣做哪裡來的新聞？」

「宗賢說的沒錯，我們都是為了節目。」

王經理皺起眉頭，對著林為人說道：「原來你也知道。」

林為人點頭道：「因為宗賢的誹聞，這兩週節目的收視率不也直線攀升嗎？」

「這……」王經理看著電腦螢幕上不斷提高的曲線，一時無法反駁。

「總之收視率就是一切，對吧？這可是經理你說的喔。」趙宗賢說道。

「可是把你的私生活鬧上媒體，恐怕會造成對家人的傷害，這樣也可以嗎？家人應該不是炒作的工具吧。」王經理直接了當地說道。

兩人都沉默地看著王經理。

「隨你們怎麼做吧，只要能搶回收視率的第一名，我想上層也不會有意見。」王經理起身說道，然後離開會議室。

※　※　※

「真無聊，又不能一走了之。」趙宗賢待在車廂裡不住地抱怨著，門口的警察和黃色封鎖線一點都沒有鬆懈的跡象。偶爾可以看到幾個民眾出現在門口跟警方理論，大概是被關在百貨公司裡面太久感到不耐煩，但都被態度堅硬的員警請了回去。

「真是一點都不能通融。」看到這幅景象，趙宗賢皺起眉頭說道。

小劉笑道：「宗哥，其實我們現在進去也沒用，記者們大概都跑去報導綁架案了吧？」

「你講的好像你就在裡面一樣。」被趙宗賢一瞪，小劉乾脆識趣地閉上嘴巴。

（兩週前）

「趙先生，請你說明一下！」

「你到底有幾個情婦？」

「你跟幾個女人生過小孩？」

……

專車才在門口停住，一大堆記者立刻蜂擁而上，不斷地把麥克風推向趙宗賢。在林為人、小劉還有司機的幫忙下，趙宗賢面帶微笑不發一語地穿過人潮，進入鐵門。

「哇，剛剛真是可怕，那些記者好像食人魚一樣！」進入庭院後，小劉心有餘悸地說道。

「小場面而已，沒什麼啦。」趙宗賢不屑地說道。

「你回來啦。」顏牧紗站在門口笑瞇瞇地迎接趙宗賢，一旁還跟著現年八歲的浩浩。

「爸爸回來囉！」趙宗賢蹲了下來，小浩浩立刻跑了過來。

趙宗賢把他抱著起來，笑道：「又變重囉！」

這時不死心的記者紛紛爬到車頂或對面樓房，爭相拍攝這一幕，頓時閃光燈四起。

還不知情的顏牧沙露出驚訝地問道：「這是怎麼回事？」

林為人說道：「進去再說！」

聽完了林為人的說明，知道來龍去脈的顏牧紗疑惑地看著趙宗賢，說道：「為了收視率需要做到這樣嗎？」

「妳也知道，現在綜藝節目競爭得很激烈，我的電影和專輯又賣得不好，要是沒有一點新聞炒作，很容易就會過氣。」趙宗賢坐到顏牧紗的旁邊，摟著她解釋道。

林為人也說道：「真的要請大嫂多多包涵，如果收視率繼續沒有起色，搞不好下一季就會更換主持人。」

「有那麼嚴重？」顏牧紗驚訝地說道。

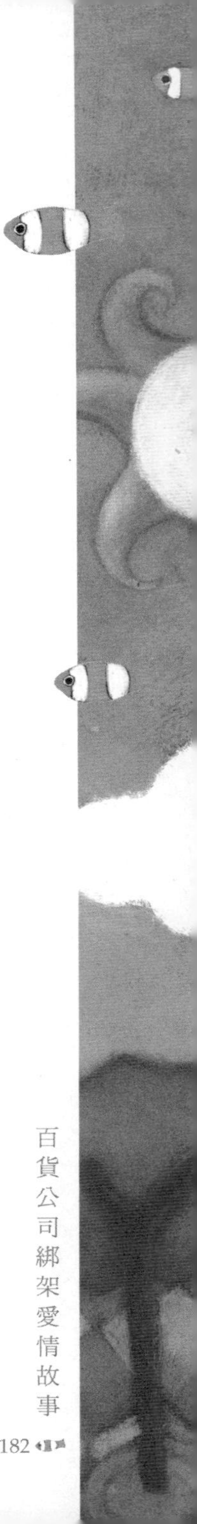

「你總不希望看你老公失業吧？」

雖然有點無奈，顏牧紗仍然點頭笑道：「我知道了，反正當初我們結婚的時候，我就已經答應你不對外公布。現在又有什麼關係呢？」

見顏牧紗已經答應了，林為人趁勢說道：「那好，最近大概還會有記者來採訪，請大嫂不要發表任何言論。」

※　※　※

電視畫面上仍是剛才那個女記者，「……剛剛我們得到最新消息，根據警方過濾可能嫌犯名單，認為綁架犯很有可能是該名女童的親生母親！……」

聽到這樣的報導，趙宗賢不可置信地說道：「這是什麼跟什麼？哪有母親綁架女兒的道理？就算要引起觀眾的興趣，也不用報得那麼聳動吧，真受不了這些記者！」

百貨公司封鎖轉眼已經過了四十五分鐘，裡頭的搜索仍舊進行中，但是一點綁匪的線索都沒有。

「我看早就逃出去了，那群笨警察還拚命地搜，真沒效率。」趙宗賢再次抱怨。

「宗哥，」一旁的小劉開口道，手裡還拿著什麼。

「怎麼了？」

「這是今天記者會的稿子，不然你就順一順吧。」

趙宗賢接了過來，沒好氣地說道：「這麼重要的東西，你怎麼現在才拿給我？」

『我早就想拿給你了，但是你根本不理我。』心裡雖然這樣想，但是嘴裡可不能夠這樣說啊！

「我看看，」趙宗賢一邊看著稿子一邊念道：「……本人與妻子舉行過公開儀式，但並未至戶政機關登記結婚，以為不算已有結婚關係。後來經由律師解釋，但顧慮保護家人安全，經與妻子討論，決定仍不對外公布已婚事實。……」

念了幾句話，趙宗賢把稿子扔到一旁，生氣地說道：「這是誰擬的稿子啊，這種東西連三歲小孩都不會相信！」

小劉為難地說道：「可是，這份稿子宗哥你也看過，說沒問題的啊。」

趙宗賢一副渾然不知的表情，「我真的有說沒問題嗎？」

小劉點頭道：「真的。而且經理和大嫂手上的講稿都已經套好了，現在要改也來不及了。所以……」

「好啦好啦，我會照講就是了。」趙宗賢沒好氣地嘆了一口氣，「真是的，難道每一件事都得我親自來嗎？那公司要這麼多員工幹嘛呢？」

（一週前）

「記者會？」坐在客廳的沙發上，顏牧紗疑惑地問道。

「對的，我們要召開記者會，公開宗哥和大嫂已婚的事實。」林為人手中拿著擬好的講稿說道。

「可是之前不是說……」

林為人打斷她的話，說道：「之前請大嫂不要發表任何言論，那也是權宜之計。現在新聞已經開始退燒，所以我們正好出面澄清，順便可以重建大哥的形象，這樣一舉數得。」

聽了林為人的解釋，顏牧紗表示同意地點點頭。

「什麼是記者會啊？」坐在一旁的浩浩問道。

聽得兒子的問話，趙宗賢立刻摟住他，解釋道：「就是把拔和瑪麻要面對一堆記者，宣布一些事情。」

「把拔，你是要跟記者說瑪麻是我們家請的佣人嗎？」

聽到浩浩的話，在場的三人都一片愕然。顏牧沙露出疑惑的表情看著趙宗賢。

「你怎麼會這樣說？瑪麻當然就是瑪麻，怎麼會是佣人？」趙宗賢趕緊笑道。

浩浩用不信任的眼神看著趙宗賢，繼續說道：「可是我的同學跟我說，把拔在報紙上告訴那些記者，經常出入我們家的女人是請來的佣人；還有……」

「還有什麼？」趙宗賢問道。

停頓了一下，浩浩才繼續說道：「還有，住在我們家的小孩，是親戚寄住的小孩。」

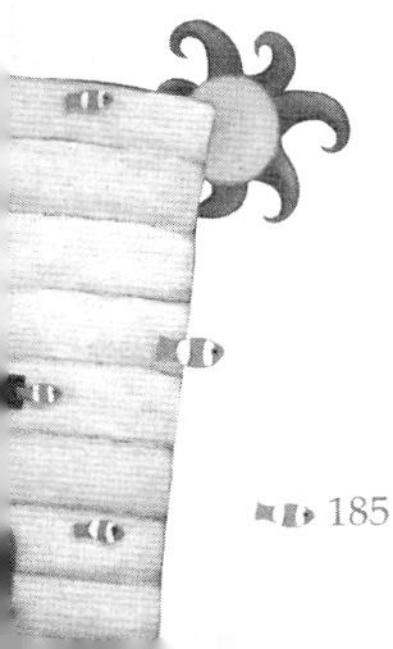

顏牧紗趕緊抱住浩浩，深深地吸了一口氣，用責怪的表情看著趙宗賢。

「浩浩，那個都是把拔騙記者的。」顏牧紗輕聲地說道。

浩浩沒有回答，只是愣愣地看著地下。

※　※　※

記者會的會場一片冷清。本來已經進場的記者因為趙宗賢遲遲未出現，又傳出百貨公司因綁票案而封鎖，紛紛趕去報導。王經理、林為人和顏牧紗無所事事地坐在位子上。

「剛剛小劉跟我聯絡，宗哥已經到了，就在露天停車場，等封鎖解除就可以進來了。」林為人說道。

王經理也對著顏牧紗說道：「臨時發生這種事，真對不起。」

顏牧紗搖搖頭道：「不要緊，這又不是你們的錯。我比較擔心的是那個小女孩，不知道什麼時候才會被找到？」

林為人說道：「我想一定很快就會找到，馬上就會解除封鎖了，根本不需要擔心。請妳再複習一下稿子吧。」

「喔，好。」顏牧紗點點頭，打開準備好的講稿，上頭寫著：「……宗賢是個認真負責的好男人、好丈夫和好爸爸，他為了給我們母子更好的生活，不斷地在事業上打拚，我們全家人都完全地支持他，並且非常感謝他。……」

※　※　※

門口的警察終於拆開黃色的封鎖線，在警方人員的簇擁下，一個女人被架出百貨公司的後門，她拚命地哭喊著：「把小孩還給我！我要我的蕾蕾！」

一群記者緊追在後，不過還來不及採訪，女人已經被押上待命中的警車，立即駛離。

「這是怎麼一回事啊？」走出休旅車的趙宗賢目睹整個過程，不禁疑惑地問道。

「別問怎麼了，我們快進去吧！」小劉拿起講稿和背包催促著。

一個眼尖的記者看到了正要走進百貨公司的趙宗賢，出聲叫住了他。

「原來如此，記者會被耽誤了一個多小時。」聽了趙宗賢的解釋後，記者點頭說道。

「對了，剛剛的綁票案到底是怎麼一回事？」趙宗賢問道。

「其實也沒什麼啦，剛剛那個女的是律師的前妻，也是小女孩的生母。聽說律師為了跟她離婚，設計她和別的男人偷情，並且取得女兒的監護權。從那以後，她就變得有點瘋瘋癲癲的，今天才會跑來百貨公司『綁架』自己的女兒。在我看來也不能算綁架，只是思女心切。就看將來法律如何判定囉。」

「原來如此。」趙宗賢恍然大悟地說道。

「不過我是覺得不太好啦，只有自己覺得對大家都好，卻不顧別人的感受，這種做法實在太霸道了。」

對於記者的說法，趙宗賢也點頭稱是。

記者又說道：「既然遇到了，要不要順便露個臉，發表一下對這次『綁票案』的意見？」

不等趙宗賢反對，記者已經叫攝影師準備。

「剛好本台記者遇到今天下午準備在夏日百貨召開記者會的大明星趙宗賢，因為百貨公司封鎖的緣故，他在停車場等了一個多小時，預定的記者會也延後了。現在請他對這次的『綁票案』發表一下個人的看法。」

記者把麥克風遞上，攝影機也對準了，趙宗賢立刻露出職業化的笑容，從容地說道：「我個人反對這麼激烈的做法，一家人之間有問題，可以好好地溝通解決。把事情鬧得那麼大，一定會造成家人的傷害……」

突然間王經理說過的話浮現趙宗賢的腦海，讓他停頓了一下。

「可是把你的私生活鬧上媒體，恐怕會造成對家人的傷害，這樣也可以嗎？家人應該不是炒作的工具吧。」

接著浩浩的童言童語「住在我們家的小孩，是親戚寄住的小孩」，以及顏牧紗責備的表情也頓時閃過。那個陌生的女人固然值得同情，但是小女孩心中留下的陰影也是不可抹滅的事實。這種以「自己」為出發點的「為了家人」的做法，不正和現在他正要召開的記者會一模一樣嗎？

趙宗賢雖然感到啞然，不過看到記者露出疑惑的表情，讓他立刻回過神來，

繼續說道：「我們和家人應該一起好好享受相處的時光，而不是做些自己覺得『對大家都好』的事。」

「你終於來了！」看到趙宗賢出現，林為人和王經理立刻迎上前去。

「記者們呢？」看著空盪盪的會場，趙宗賢問道。

林為人立刻說道：「我們剛剛宣布記者會半個小時後開始，他們等一下就回來了。」

趙宗賢點點頭，又看到坐在位子上的顏牧紗，他想要過去跟她說些什麼，不過林為人趕緊拉著他到後頭補妝梳頭。

「趁補妝的空檔，你再把講稿複習一下吧。」林為人把講稿塞到他手裡，然後說道。

趙宗賢看著手上的講稿，顏牧紗發言的段落印入眼簾「他為了給我們母子更好的生活，不斷地在事業上打拼，我們全家人都完全地支持他，並且非常感謝他。」

林為人看他愣著，便拍拍他的肩膀，笑道：「發什麼呆？」

「沒什麼。」趙宗賢把講稿翻到自己的部分，然後又問道：「為人，我們這樣做是為了什麼？」

「為什麼？當然是為了收視率啊。」林為人拍拍趙宗賢的背，說道：「不像平常的你喔，是不是等太久，累了？撐著點，馬上就過去了。」

趙宗賢再次露出專業的笑容。

「感謝各位抽空前來，延誤已久的記者會現在開始，先請名主持人趙宗賢先生發言。」林為人站在司儀的位子上說道，麥克風偶爾傳出尖銳的雜音，工作人員趕緊上前調整。

所有的記者都已經就位，耽擱了兩個小時的記者會，好不容易終於開始了。

趙宗賢把面前的講稿攤開壓平，清清喉嚨，才開口緩緩說道：「謝謝各位參加這次的記者會，因為剛剛的綁架事件，耽誤了不少時間。」

趙宗賢看著台下靜默無聲的眾記者們，然後繼續說道：「前一陣子媒體上關於我有私生子、情婦等傳言，我在這裡提出澄清，這些完全是空穴來風。其實早

在出道之前，我就已經跟現在的妻子顏牧紗交往多年，並且生下一個兒子。」

趙宗賢用餘光看了一下稿子，繼續說道：「我與妻子曾舉行過公開儀式，但並未至戶政機關登記結婚，我們都以為那不算已有婚姻關係。後來經律師解釋，我們才知道即使沒有正式登記，只要有公開儀式並有三個以上的證人在場，民法上仍有婚姻的效力。但是我仍然選擇不公布已婚的事實，因為……」

說到這裡，趙宗賢突然看了一眼顏牧紗，她低頭看著面前的講稿，臉上什麼表情都沒有。整日操持家務的她平時不施脂粉，此刻抹了淡妝，梳了頭髮，換上廠商提供的名牌套裝，看起來十分漂亮，卻讓人感到非常陌生。

一旁的林為人對於趙宗賢突然的沉默有點焦急，喃喃講道：「『因為要保護家人的安全所以不公布』，快說啊！」

王經理也面色凝重地看著趙宗賢。

「我仍然沒有公布已經結婚的事實，」趙宗賢終於繼續說道：「因為我怕家人成為我的累贅。」

趙宗賢的話還沒說完，底下的記者已經群起嘩然，紛紛接頭低語著。顏牧紗

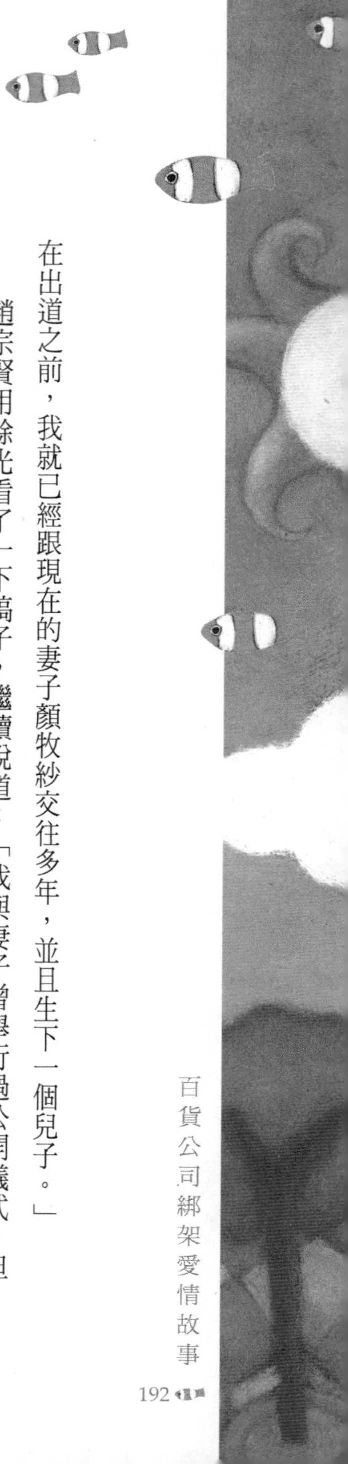

也欲言又止地看著他。

林為人更是激動不已，「怎麼一回事？為什麼不照講稿念呢？」

當他打開麥克風想要打斷趙宗賢的時候，王經理卻阻止他。

「怎麼？」林為人疑惑地看著王經理。

王經理搖搖頭，說道：「現在阻止也來不及了吧，還是讓他說完吧。」

林為人看著王經理，嘴裡嘟囔著「真是個失敗的記者會」，不過還是放開了麥克風。

「當時我出道已經有一段時間，卻沒什麼發展。結婚不久，好不容易才有站在水銀燈下的機會，走的雖然不是純偶像路線，但如果公布我已婚的事實，還是會對我剛起步的事業造成影響。所以我接受經紀公司的建議，不，其實是我個人自私的想法，毫不考慮地決定隱瞞已婚的事實。」

趙宗賢把講稿移到一邊，繼續講道：「不過我現在非常後悔，為了我一己之私，卻造成我家人的傷害，我非常抱歉。感謝這幾年我的妻子和兒子毫無怨言地支持我。」趙宗賢再次環顧會場，「這幾年我的演藝事業頗有發展，但能擁有一個美滿的家庭，才是我最大的成就。這次的記者會到此結束，謝謝各位。」

說畢趙宗賢起身鞠躬，然後直接離開現場。

來到露天停車場，天色尚明亮，幾朵被陽光染成金色的暮雲飄過夏日百貨上空。

好不容易擺脫追逐的記者，趙宗賢回到休旅車上。顏牧紗已經坐在裡頭。

趙宗賢愣在車門口，顏牧紗微笑道：「怎麼不進來，這是你的專車啊？」

「沒事，」趙宗賢坐進車子把門拉上，又說道：「妳今天打扮得很漂亮。」

「是嗎？」顏牧紗看看身上的套裝，「反正都是別人提供的，還要小心不能弄髒，真不自在。」

冷氣開著，送風的聲音在此刻的靜謐中聽來微弱而清晰。因為王經理、林為人和小劉還沒出現，所以車子尚未發動，司機正在外頭擦拭車身。

兩人沉默了一會兒，顏牧紗才問道：「剛剛，你怎麼不按講稿說呢？」

「人生又不是演戲或作秀，不一定總是要按著劇本進行。」趙宗賢說道。

「可是你那樣說，搞不好會給自己造成更大的困擾。」顏牧紗擔心地看著趙宗賢的側臉。

「無所謂啦。」趙宗賢向後癱在舒適的座椅裡頭，不在乎地說道。

「如果因此被節目換掉，也沒關係嗎？」

趙宗賢轉頭看著顏牧紗，反問道：「妳覺得呢？有關係嗎？如果有關係，我現在回去補救還來得及。」

顏牧紗愣了一下，不過隨即開朗起來，看著趙宗賢認真的表情，搖搖頭笑道：「其實也沒關係啦。」

看著妻子的笑容，趙宗賢也笑了起來，然後在沒有其他人的安靜車廂裡，輕輕地握住她的手。

跟蹤

黃文鉅

「哇！原來他就住在那一幢公寓的五樓啊！」她氣喘吁吁地像個剛出道的小偷，一路鬼鬼祟祟跟蹤，然後來到這條午后寧靜的小巷弄。瞧她一臉眉飛色舞的神情，在夜晚月光的強力渲染下，格外顯出一股蘊藏不住的青春與活力。

她不明白，自己怎麼會愚蠢到去跟蹤一個只交談過幾句話的陌生人，而且還是在百貨公司遊樂區遇見的男子。

記得那天，是她滿二十歲的生日。一大清早，家人朋友們便興高采烈地替她舉行了慶生party，大伙兒一直鬧到下午才陸續散場。接下來是她的夢魘，她二哥送她的生日禮物，竟是把她拖進牙醫去拔牙。牙醫對她而言，比看見蟑螂還可怕。

「蟑螂可以打死，牙醫又打不死。」起先她喧鬧了好一陣子，二哥卻只是在一旁百般耐心地哄著她，「好嘛好嘛，妳乖乖看完牙醫，二哥就帶妳去百貨公司的頂樓遊樂區坐摩天輪，妳不是說不敢一個人坐嗎？二哥今天捨命陪美女囉。」

後來她心不甘情不願地看完牙醫，二哥如願帶她去逛市區的百貨公司。他倆從地下一樓的美食街，一層樓一層樓悠悠哉哉地往樓上晃去。最後，他們搭乘手扶梯來到了頂樓，一股熱鬧歡愉的氛圍，瞬間便將他們籠罩住。頓時，她像極了童心未泯的大孩子，失態地大喊著：「二哥，我要玩那個……你先陪我玩那個啦……還有那邊那邊，有小丑表演耶……等一下我們去看喔……」二哥被她的天真所傳染，感覺自己突然年輕了好多歲，變成一個活潑的大男孩，於是也陪著她跑遍全場，無所顧忌地玩樂起來。

二哥在彩色的旋轉木馬上同她說起暗戀的女孩時，嘴角依然掛著她所熟悉的微笑，隱約間，她聽見了身旁的童謠，悠悠飄送著清脆的音階。一階一階，每一寸音符都是難以言詮的幸福。她又想到，小時候爸媽忙碌於事業，總是疏忽了她這個年紀最小的女兒。彼時的大哥在外島服兵役，大姐常年在國外留學，家中唯一肯陪她做功課、聊心事的，只有二哥。她和二哥相差了七歲，七年的差距並沒有造成他們兄妹間的代溝或距離。從幼年到長大的印象，二哥是個喜歡微笑的體貼男生，不論她胡鬧脾氣亦或同爸媽發生爭執，二哥總會守在她的周圍淺淺一笑，然後攤開寬闊的肩膀，安慰她、包容她，靜靜等待她的情緒平復過來。二哥始終是她一個安全的港灣，身在其中，簡直樂不思蜀。

眼前的二哥站在模擬釣魚的機器上左扯右拉的，狀甚笨拙，她噗嗤笑了一聲，旋即走上前去替他搥背按摩。

「呵，怎麼突然對我那麼好啊？」她頭一次發現到，二哥微笑的時候，兩邊臉頰會牽動兩窪淺淺的酒渦。

「唉唷，沒有啦，人家今天玩得很開心嘛！好久沒有這麼肆無忌憚地穿梭在好多可愛純真的小朋友之間了，總覺得，一旦長大之後所帶來的幻滅，好沉重……」

「成長？幻滅？喂，妳又是怎麼一回事啦，一副語重心長的模樣？如果有事就跟二哥說，千萬別自己胡思亂想喔。」二哥下意識的斂起了笑容，輕聲問她。

「哈，並沒有啊，是你想太多了，唉呀別再囉哩囉唆的，接下來……嗯……我想要坐摩天輪看夜景，你陪我一起坐好嗎？」

「不要！我有懼高症耶！」二哥鬧她，一面佯裝害怕的動作。

「二哥最小氣了啦！小氣鬼喝涼水！」她眉頭微皺，心情卻開朗地牽起二哥的左手，一路蹦蹦跳跳地湊近摩天輪。

她張大嘴巴站在巨大的摩天輪底下呆望，「哇，好高喔！」

「嘴巴張得那麼大，妳是要等天空的星星掉進去喔？」二哥買完票拉著她準備搭上摩天輪。她默默無語，跟著二哥走進纜車，頭卻不停回望剛才替她們剪票的男剪票員。等坐定位後，她隔著透明的玻璃窗發愣，二哥以為她有心事需要沉澱，遂陪同她一語不發。她的視線一直集中在那個剪票員身上，纜車不斷上升，上升，漸漸隱匿了地面上的動靜，她才慌然回神，「我看見星星了耶！」二哥點點頭餵她一個微笑。她沉吟了一會，又問，「二哥，你們男生失戀的時候會很難過嗎？或者，你會選擇像楊過那樣癡情地等待小龍女回來？」

「呵，我妹妹終於長大囉，開始煩惱感情問題啦？」

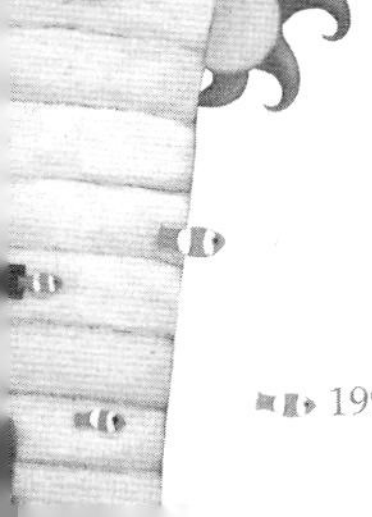

「拜託，我已經二十歲了耶，你和爸媽老是把我當未成年少女……」

當晚，她躺在床上翻來覆去，怎麼也睡不著。她的眠夢像被盜取了一般，渾身抖擻，精神奕奕。她的腦海明朗地顯影出一個男子的臉龐。

他是個看起來很順眼的男孩子，眼睛不大，身材瘦削，哪怕風一吹就飛走了，頭上梳著標準的西裝頭，一派斯文的書生氣質。他替客人剪票時，臉上肯定會懸著一貫真誠的微笑。沒錯，就跟他二哥一樣，親和力十足。但她發現他笑起來，眼角會掀起幾道微細的紋路，而且他的眼神深處隱隱透露著一股哀愁，彼時她心跳得好快，一直忍不住偷偷瞥了他幾眼，然後匆匆將他的輪廓印在腦海，就在他幫她剪票的那幾秒鐘裡。

她之所以注意到他，那個像極了二哥的男剪票員，是因為她在排隊的時候，看見他捧了台隨身聽一個人坐在位子上，嘴巴還似有若無地跟著節奏哼唱。她很好奇他在聽誰的唱片，走近一瞧，她看見是許茹芸的『淚海』的歌本。她有點狐疑，待在百貨公司頂樓遊戲區聽流行情歌的男生，究竟擁有如何一段不為人知的故事？她今天就是這樣止不住左思右猜，才會一路心不在焉地跟隨二哥搭上摩天輪。

已經凌晨兩點半了，她依然睡意全無，只覺得眼睛澀澀的，流不出淚來潤滑一段未解的心事。直到破曉時分，她仍舊反覆思忖著關於他的種種疑問。然後，她終於下定了決心，打算明天放學再去搭摩天輪。

隔天一早，她帶著兩圈熊貓眼坐捷運去學校。好不容易，精神慵懶地撐完了一天的課，她迫不及待地飛奔到市區的百貨公司。這一回她不再慢條斯理地坐手扶梯上樓，反而改乘電梯直達頂樓的遊戲區。

步出電梯，她的心逐漸噗通噗通地躁動起來。她試圖平穩不安的呼吸，經過了小丑表演區，一堆小朋友依附在爸媽腳邊雀躍囂鬧著，原來是小丑朝空中拋擲的七彩圓球紛紛失手墜落，現場陷入一陣激情的熱絡中；她又穿越卡通人物布偶的專櫃，小熊維尼、Kitty貓、趴趴熊、皮卡丘、布丁狗、米奇和米妮老鼠……她如數家珍的一一念出卡通人物的暱名來，這些，都曾是她童年的玩伴呵，每晚她都得靠他們相陪，才肯安心入睡呢。接著她走過琳琅滿目的遊樂機器，有她和二

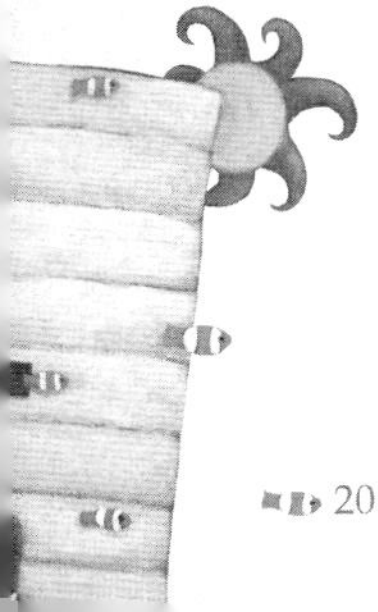

哥上回玩的旋轉木馬、模擬釣魚，還有模擬滑雪、溜冰、越野賽車、打螃蟹、槍擊遊戲……她匆匆閃過眼前這些遊樂設施，根本無暇仔細觀望，因為她的目的地只有一個——「摩天輪」。

她屏住了氣，「呼，終於到了！」她十分努力地搜索他的身影，可是當下摩天輪的剪票員竟然是個約莫三十歲的阿姨。她灰心極了，正抱怨著怎麼會遍尋不著他的蹤影，忽然就望見不遠處的他一個小跑步，慌慌張張的撞進了她的視線範圍。

看起來，他好像也才剛下課沒多久，「是他家境不好嗎？不然幹嘛那麼辛苦下課還跑來打工呢？」她暗暗忖思。

他正和那個三十歲的阿姨交班，看他上氣不接下氣頻頻向阿姨道歉，想必他今天是遲到了吧。摩天輪緩緩下降，乘客有說有笑的紛紛離去。她杵在原地半晌，然後走近柵欄排隊。男孩自然大方地走過來，「小姐，請問您現在要搭摩天輪嗎？可能要稍候一會喔，因為公司規定乘客至少要滿八人才能啟動摩天輪。」

「喔……我……我沒有關係，你忙你的，我等我的……」他突如其來向她搭話，著實使她驚得有點不知所措。

「好，那就麻煩妳稍等一下了，不好意思。」他淺淺一笑，露出眼角的細紋，她的心又是一陣緊張，於是急急說了一聲「謝謝」，便連忙低下頭來。她的臉頰燙得幾乎可以熨衣服了。真窘吶，她將脖子轉向別處去，以免她的尷尬被他不小心瞧見。

過了一會，尾隨其後的人數慢慢增加了，她鼓足勇氣，轉過頭望向剪票員的休息室。果然！他正陶醉在隨身聽的音樂裡。這回他將歌本握在手上翻看，嘴角仍是有一搭沒一搭的哼哼唧唧。她大膽注視著他的眼眸好幾秒，一股莫可名狀的惆悵仍蒙在上頭。

她對面前這名陌生男子的一切，越來越懷疑，越來越感到好奇與興奮。不停飽脹的好奇心，如伊甸園的禁果，而夏娃再也忍受不住誘惑。她覺得自己好像掉入了無底的深淵，不過她從不後悔，既然決定跳進來了，她總得帶一些什麼回去。就算遭到上帝的懲罰，被逐出天堂，她亦義無反顧。

雕像一般的她矗立在原地，默默注意著他的一舉一動。周圍人群突然釀起了

一陣狂亂的騷動。這時，百貨公司的廣播明亮地響徹整棟大樓：

「各位來賓對不起，目前本公司裡走失了一名小女孩，疑遭歹徒綁架，為了順利緝查真兇到案，本公司各層樓的出口都將暫時封閉，請各位來賓稍安勿躁，並多多包涵敝公司的冒犯之處，謝謝您的配合。」

廣播一報告完畢，只見現場人群萬頭鑽動、議論頻頻。男女老少紛紛竄入窄小的逃生門，希望早些脫離此地。有的孩子被詭異的氣氛嚇得嚎啕大哭，有的媽媽急忙摟抱住自己的孩子，以免成為下一個受害者。

遊戲區裡的小丑不知道跑哪去了，地下一堆七彩圓球狼狽四散，整片遊戲區空蕩蕩的，只剩下蕪雜的逃生人潮、吵雜的玩具音效以及輕快的音樂聲浪，不斷地徘徊在耳畔……

她好慌。「怎麼辦？現在該躲去哪兒才好？」

一雙有力的手緊緊攫住她，她來不及回頭就被拉進了管理員室。「這裡面安全得很，放心吧！」是他！她知道是他！他記得他的聲音。

「我……我並沒有擔心啊……反正綁匪的目標是小女孩，又不是我。」她囁嚅似的說道。而眼前的他，正露出她二哥一般的淺淺微笑，專心注視著她。

「是嗎?那妳是故意徘徊在管理員室附近的囉？」他調侃她。

「今天真是怪異的一天，逛個百貨公司還碰上綁架事件，我看我是真的要去燒香了！」

「呵，要不是綁架事件，我們怎麼會一同躲在這間小管理員室裡呢？」

「……」她沉默不語。

「先別管綁不綁架的事，我問妳……妳是不是，很喜歡坐摩天輪吶？」

「是又怎麼樣?你管我……」

「哇塞，妳好兇喔，好吧，既然妳不想回答那我也不勉強了！」

「喂！我也有一個問題想問你。」她試探性地。

「什麼？」

「妳幹嘛沒事跑到這兒來打工?而且每次都窩在管理員室裡面聽許茹芸的歌咧？」

「是又怎麼樣?妳管我……」他竊笑，有點小小報復的快感。

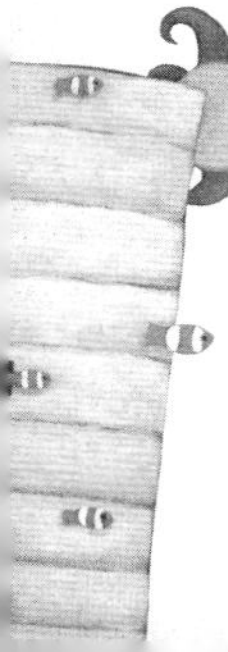

臨走前，她又問，「請問，你叫作什麼名字？」

「秘密。」他回答，淺淺一笑。忽然間，她在他眼角的紋路裡，迷失了方向。

已經晚上九點五十分了，再過十分鐘，百貨公司就要打烊。她像FBI一樣，悄悄埋伏在百貨公司對面的咖啡屋，靜靜觀望著大門口的所有動靜。熙來攘往的人潮沒有混淆她銳利的視線，每當她輕啜一口咖啡，她便更加鎮定的鎖緊焦距，守候著他的落網。

目標出現！她看見一個熟悉的身影，走出百貨公司的旋轉門，她匆忙起身付帳，加緊腳步追了上去。她從來沒有跟蹤過別人的經驗，更別說是今天這個心血來潮的主意了。也不知哪來的天大勇氣，她一步一步跟在他的後頭，三不五時在他回頭的瞬間，閃進小巷或尋覓遮蔽物來掩護自己。幸好他走路不快，不然平常沒有運動習慣的她，當下還真是吃不消呢。

穿過了第三個紅綠燈，第五條馬路，漸漸脫離市中心的地帶。她沒想到，他這個人竟然都是以腳代步的。他甚至不搭乘公車或計程車之類的交通公具，「他

真是個奇怪的男生。」她萬分狐疑，他除了喜歡在遊樂場裡聽許茹芸、喜歡走路散步之外，還有什麼其他怪怪的嗜好？對於他的私密，她越來越有深入探究的想望。從小到大，她所吸收的一切世俗道德、真理教條……統統皆在此刻，被她的大腦所淘汰。她想，這應該算是她二十年以來，所做過最刺激的事了吧！

拐過一個轉角，又是一個轉角，她聽見鄰近不遠的住家裡有狗吠的聲響。天上的月亮腫得有點不像話，她的腎上腺素不斷上升增加，整條馬路只剩下偶爾呼嘯而過的摩托車，還有電線桿和電線桿之間的天線，被月光投射在地下，錯綜複雜交織在一塊兒的陰影，這倒像極了她此刻的心境。

一路上的跟蹤行動，出乎意外的順利，雖然有點手忙腳亂，但她終於跟隨著他，到達了他的住所。她的心臟噗通噗通地跳躍著，手腳冰冷、氣喘不停地藏匿在那幢公寓旁的電線桿後頭。他從口袋掏出鑰匙，打開大門逕自走進去按了電梯鈕，她靠近未關緊的大門張望，儘量壓低了身子，怕被他發現。電梯門打開，他掩了進去。她衝上前，電梯門煞時緊緊閉上。她清楚的看見冷光螢幕上的顯示，5F。走出大門後，她從馬路上凝滯著5F他家的窗戶，不知為何，她感到了一

絲微幸福的喜悅。

躺在床上，她不停地思考，自己為什麼要刻意去注意他的一舉一動呢？他奇怪的一切又關我什麼事呢？種種匪夷所思的問題，她一遍一遍質疑自己，最後的結論是，她戀上了他純真的笑容。

「這算是一種戀愛嗎？」是吧，我想。

「如果是的話，成功的機率又有多少呢？」那也未必，世界上很多事情本來就不是一定擁有美好的結果。

「他能夠像二哥那樣，盡全力包容我嗎……」

「戀愛是什麼？冥冥之中的緣份又是什麼？」戀愛是一項心驚膽顫的走鋼索表演，冥冥中安排好的喜怒哀樂，都必須在舞台上賣力搬演。但前提是，必須親身體驗過，才能明白箇中的滋味。

「我跟他的相逢是一種注定好的緣分？」相逢何必曾相識，既然相識了，有沒有被暗中注定，很重要嗎？

「他為什麼一個人住？他沒有女朋友嗎？」管他有沒有女朋友，我要的幸福我自己去追尋，沒有試過，怎麼知道沒有機會？

「我愛他嗎？」

「是的，我愛他的笑容，我愛他的一舉一動……」

從那次順利的跟蹤他回家之後，她簡直莫名地眷戀上了這項遊戲。她不再跑去坐摩天輪了。每天一放學，她便待在百貨公司對面的咖啡屋裡頭喝咖啡、吃重起司蛋糕，等到他十點鐘下班，然後再偷偷尾隨他一段十五分鐘的路程。

久而久之，她把這跟蹤的行為，當成了每日不可或缺的重心。跟蹤不再只是一種單純興起的無聊遊戲。她漸漸萌生一種念頭，覺得自己之於他，已經是一種靜謐的陪伴。短暫的步行，不遠不近的距離，令她的內心擁有一股不足為外人道的安全感與幸福感。那種感覺，讓她混身輕飄飄的，像被轀暖乾淨的羽絨被所包圍。

到現在她還是不明白，自己怎麼會愚蠢到去跟蹤一個陌生男子。（經過這段

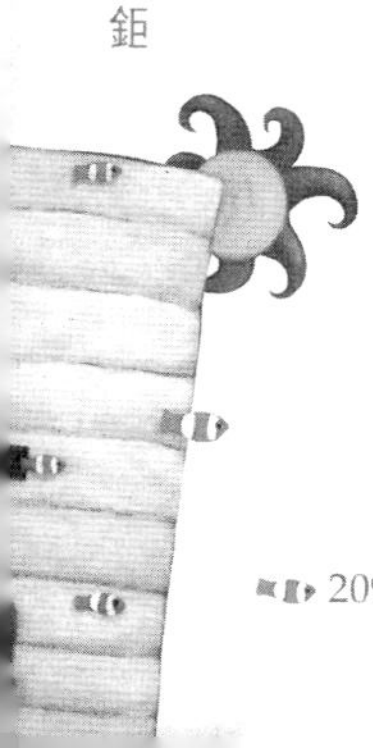

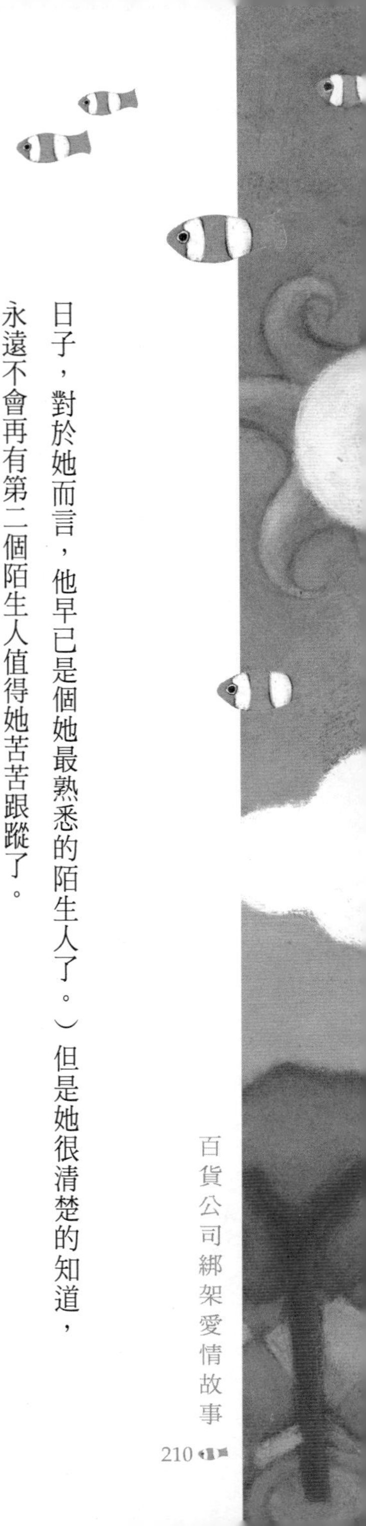

日子，對於她而言，他早已是個她最熟悉的陌生人了。）但是她很清楚的知道，永遠不會再有第二個陌生人值得她苦苦跟蹤了。

這一天，照例她跟往常一樣，等他搭電梯上5F之後便打算迎上前去。她看見電梯門緩緩的關上，1F、2F、3F……，她靠近電梯門一看，門上貼著一張小紙條，她遲疑著撕了下來，立即看見一個斗大的笑臉寫著，「^_^……謝謝妳這麼長久以來的陪伴，一直想找個機會好好請妳吃頓飯、看場電影，不知道我有沒有這個榮幸呢？」

「原來，他早就知道我跟蹤他了！他真壞！」她怔忡立在電梯前，認真地點點頭，不知不覺間有一行鹹鹹的淚水，繞過她淺淺的微笑，滴落在空寂的地板上。

雙子星

VS.超級好朋友

SUPER BEAT FRIEND

愛情 shopping mall 特價中

譚華齡

星期天，下午的陽光有點溫度卻不炎熱。我拿著手上的DM無聊地摺著紙飛機，是的，我正逛著一個全新的shopping mall，一個叫愛情的百貨公司。

我跟一樓的迎賓帥哥點頭微笑，一面心想，不知道有沒有找幾個帥帥的女生也來迎賓？

逛進地下室，吃一客初戀冰淇淋。味道其實不太差，我想大概有覆盆子和蔓越莓。還好我對酸特別熟悉，總覺得甜味是酸的基調。

一樓化妝品專櫃正推出一種新面膜，據說有安部公房「他人的臉」的效果，可以隱藏愛情中部討人厭的小粉刺，可惜價錢有點貴。我想，既然雀斑也可以是一種美，學會愛上不完美也是一種幸福。

沿著手扶梯上二樓，咖啡座中暢銷的是愛情幸運餅乾，我想買一個無妨，卻不巧最後一個剛賣給前面排隊的中年太太。真像戀愛，總是這樣相遇在不對的時候。

三樓的保險套專賣區，販賣著叫慾望的香水，立刻拿起一瓶放入購物籃，這種比愛情更現實的東西，家裡一定不可以沒有存貨。

四樓的籃球架前，兩對情侶在打球，贏得勝利的一對可以得到愛情贖罪券五張，每張可抵免分手一次。

五樓童裝部前沒有人，愛情的孩子還沒誕生。

六樓的情歌跟往常一樣悠揚，好像是從上個世紀開始播放，I can't live without you……甘有影？

頂樓的表演今天很熱鬧，一場木偶求婚記在此上演。笑聲不斷，果然表演得很像。編劇大概是摩天輪控制員，你看，他不是正凝視著表演木偶的年輕男人嗎？

搭著透明電梯下樓，手上的袋子不知道裝進了多少愛情的空氣？

大門前的看板張貼著中獎名單，不為人知的愛有10種表情被宣示，正在跟得獎名單上的名字玩連連看。

看板右下角寫著我的名字：譚・華・齡。

是的，關於我的愛情，在此揭露。

天空的顏色橙黃起來，愛情shopping mall特價中。夜色初露，誰要搶進下一波限量商品？

★超級好朋友PART★ 1 SUPER BEAT FRIEND

青春的玩伴

陳慶祐

說起華齡，我可以用一百種方法，告訴你，我和她的交情。

我們可以在KTV裡深情款款地對唱情歌，也可以同乘一部小摩托車大街小巷尋找美食；我們可以把彼此的朋友當朋友，也可以用故事接龍的方式完成一部小說；我們還可以手挽著手走在大街上，然後一搭一唱跟小販殺價買衣裳……

我和華齡也常有一些共同的大計劃。

比如說：我們約好去陝北菜館訂一席羊腿大餐；我們下定決心學好交際舞、然後去圓山飯店的「六〇年代」一展舞技；我們也常一起幫朋友設計生日party或是平安夜小聚……而今年最偉大的計劃，則是我們相約去賭城拉斯維加斯小試身手。

和她在一起，總讓我想起小時候初初認識一個玩伴時的興奮模樣……你笑了，她仰著臉看；你哭了，她替你準備臂膀。

青春還有很長，我們在彼此的笑容裡找到希望。

★超級好朋友PART★
2
SUPER BEAT FRIEND

一顆微笑的星星

張芳玲

還記得去年聖誕節，華齡穿的那一身黑色蓬蓬裙禮服，和自己化的妝。她跟她另一位同樣有化妝造型的高中同學，就這樣一路走來參加，我真佩服華齡在做

一些奇怪的嘗試時，能夠毫不彆扭、興高采烈，玩得跟孩子一樣。

如果妳是她三等親級以上的好朋友，遇到情感上的挫折，很難不去拜託她陪陪妳，因為她是那麼豪爽，那麼體貼，她安慰妳的話，從不陳腔濫調，而是溫柔又客觀的見解。她的陪伴，就像掛在黑夜中，一顆會微笑的星星，妳終會把眼淚擦乾，回應她的微笑。

善於聆聽、勇於冒險，不就是寫作最大的靈感來源？譚華齡很幸運地，她不必刻意去聆聽、冒險，而自然地具備這兩項特質。這兩年，華齡先後寫了「春樹流蘇」、「女巫的城堡」，在中國時報的編輯台上，也學到相當多的東西，在這麼旺盛的黃金青春中，華齡真的是努力學、用心寫、痛快地活，讓身為好友的我，非常期待她未來更精采的表現。

後來，怎麼了？

吳家宜

該從什麼地方說起，我是說，自我介紹這件事。

其實，我很害怕自我介紹。

因為，需要自我介紹的，通常都是陌生的環境，在陌生人面前，我會非常非常不自在，平時裝瘋賣傻的特技頃刻消失，我連微笑的角度都不自然。所以，我是真的不會介紹自己。

而我偏偏又是一個，非常矛盾的人。

在物質方面我極端喜新。看見新上市的商品總是蠢蠢欲動，New Arrival一見鍾情買下的衣服，來不及到季末就變心。每隔一段時間便要將房間擺置大搬風，買一些可愛卻無用的東西回來擺設。

可是，對於情感我又過度念舊，於是在這個變換快速的時代裡，偶爾顯得格

格不入。

我會在同一家麵館吃同一種麵，整整六年的時間。我每天走同一條路回家，即便後來發現其實繞了遠路，我還是繼續走著。身邊的朋友，都是相交多年，老了以後有很多回憶可以下酒的。我去同一家咖啡館，坐同一個位子。一個地方住久了，便以為是故鄉。

愛上了一個人，便以為會一輩子。

我就是這樣反覆地矛盾著。獅子座的個性，讓我積極有行動力，但是偶爾在夜裡，我還是為了一些小事，自己與自己拉扯得厲害。

這樣的性格，也常常出現在看電視這件事上面。

我很喜歡看電視，每每看到一齣劇集結束了，便忍不住生出許多疑問。我常常在想，〈東京愛情故事〉裡的莉香，後來怎麼了？〈大醫院小醫師〉裡那個不說不動的植物人媽媽，後來醒了嗎？〈PS.我很好，俊平〉裡，桃子最後究竟有沒有回來？

我很容易耽溺在捏造的情節裡，容易因為虛構的故事，產生真實的掛念。

更多時候，我將眼光的焦點放在畫面角落，不為人注意的配角身上，我總是在想，那個端咖啡上來的服務生，我們可能連他的面孔都沒看清楚，可他走出了鏡之後，發生了什麼故事呢？在別人的故事裡，他只是一個不起眼的配角，然而，他一定也有一齣，自己主演的電影。

於是，我寫了〈角落〉。

一個不被人注意的小人物的故事。主角是一個我們經常可以在百貨公司裡看見的，穿著灰藍色工作制服的清潔婦。在那張沒有太多表情的面孔上，上演著什麼樣的人生？

起初，我以為自己會為她創造一場歡樂的人生，卻不知道為什麼，最後竟為她編派了一段陰暗的際遇。

我在故事裡用了一種未曾嘗試過的冷性筆調，以一個完全旁觀的角度，利用畫面上的三個角落，分列不同的觀點說完這個故事。我一邊寫著，彷彿就真的站在那個清潔室裡，只有一方陽光的角落，看見一個女人不願暴露的心事。

當故事劃上句點之後，我發出一聲小小的嘆息，為了裡頭的阿桃，怎麼樣都

不能圓滿的人生。也為了自己的不慈悲。

後來，阿桃怎麼了呢？

即便這是我自己寫的故事，我仍忍不住，這麼問。

★超級好朋友PART 1★ SUPER BEAT FRIEND

小六的大夢想

張維中

自從小六告訴我他未來的夢想之一，是主持一個旅遊性質的電視節目以後，我就開始有意而為地用這個角度去觀察他了。

旅遊節目主持人需要具備甚麼特質呢？首先一定要有旅遊的passion吧。這點小六沒問題，去了一趟香港以後就著了魔，在他心中念茲在茲全是香港，香港等於全世界。再者，這類型節目主持人必須凸顯當地旅遊特質才對。這部分小六也很有說服力。因為都說香江是購物天堂，小六果然甚麼有名的景點都能捨棄，完全以逛遍購物中心為最高指導原則，想必頗能煽動觀眾情緒。第三，主持人的聲音和口才要好。說到聲音，我曾親眼目睹他明明在前一秒鐘還在跟製作人員作鬼臉，但下一秒鐘輪到他說話時，立刻正經地發出穩重而低沉的聲音，迷倒許多沒見到這一幕的聽眾。至於口才，抽象來說，他講話流利而準確（其實是刻薄和犀利，在道人是非的時候），絕對引人入勝；具體來說，他生來有一張傲人的大嘴也算才能一件，即便他不說話只開口，觀眾也相信他有「口若懸河」的本事。當然，主持人一定要有氣質，中文系出來的小六可說是能文能武，既會創作又會賣咖啡，而且還會種樹喔！只不過呀，他太出眾了，種的全都是「桃花」樹啦。

於是我發現，雖然說是要成為一個節目主持人而已，但實際上小六在做的事情，已經是很積極而努力地主持著他大好的青春人生了喲。

超級好朋友PART 2 SUPER BEAT FRIEND

姐弟戀掌門人

詹雅蘭

和小六熟起來是從「王、鋒戀」的討論中開始。

那天，我們陪著工作室的「老大」上電視通告，拿起了報紙，姐弟戀的大新聞就擺在最醒目的地方。我問小六：「你會喜歡比你年紀大的女人嗎？」

當時，我問得很直接，沒特別注意他的反應，只覺得他回答得迅速。「也不錯啊！」他揚著尾音，表示肯定。

我心裡正想稱讚這小子夠先進，轉頭瞄了他一眼，卻彷彿從他眼神裡解讀出一絲絲善意，忽然間我才明白，他剛剛的回答，表達了對姐姐我的至高義氣。

之後，我們就進階到「相擁而泣」的層級了。

在一次的夜間散步時，他透露自己曾有過的「梨山痴情花」精采片段，令我不禁為他的單純美好性格，深深感動。

但大多時候，他會收起感性的一面，用力將小六式的喜感發揚光大，至於什麼是「小六式的喜感」呢？

光看我好幾次都忍不住想帶他見我的父母，炫耀一番，就知道威力如何。

作者X檔案

X FILE

譚華齡

1975年射手座，身心性別均為女。
嗜文字，選擇不停地在各種媒體間做文字編輯。
業餘寫作，把敲打鍵盤當作練習彈鋼琴。
輕微網路依存症患者，每天定時服用EMAIL及ICQ。
與消費有姻親關係，與絕對美食主義互許終身。
對新鮮事物隨時保持關心，豢養流行作為寵物。
已出版：《春樹流蘇》（麥田）、《女巫的城堡》（商周）。

X FILE

林怡翠

一九七六年八月生。台灣大學中文系畢業，現為南華大學文學研究所三年級研究生。曾獲台大文學獎、全國學生文藝獎等。

一個糊塗到什麼東西都會丟掉的人，媽媽對她常說，還好頭有脖子連著，要不然早就不見了！

卻也是一個心細緻到什麼東西碰一下，都會覺得疼的人。

作品〈空杯子〉收錄於《停電之夜愛情故事》（大地）。

X FILE

陳慶祐

有人說他「玩世不恭」，有人說他「像個孩子」，其實，他只是喜歡「遊戲」罷了。

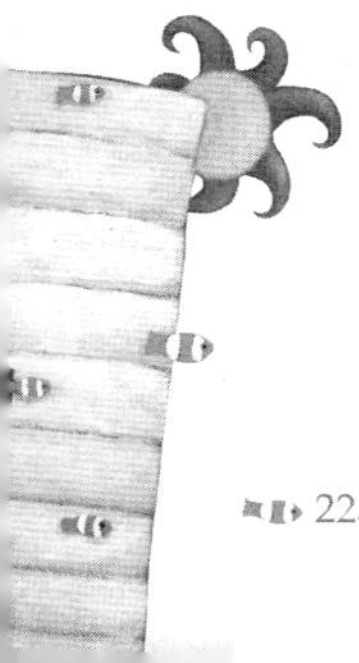

工作、寫作、旅行、美食…都是他的遊戲；
他一邊自得其樂，一邊呼朋引伴，
期望在地球停止轉動之前，穿上紅舞鞋，遊戲、遊戲、遊戲。

已出版作品包括：短篇小說《這不是一個愛情故事》（麥田）、童話食譜Ⅰ《禮拜三的糕餅課》（商周）、童話食譜Ⅱ《三十歲的成年禮》（積木）。

X FILE 馬瑞霞

因為成天坐在電腦桌前，開始懷疑有了自閉的傾向。因為不擅言詞，開始以文字和他人溝通，因為容易害羞，所以常被人誤為冷漠。目前正在努力尋找可以文思泉湧和走出洞穴的方法。作品：〈黃昏後座的小菊花〉收錄於《花草愛情》〈大田〉、〈尋找水舞星〉收錄於《奇幻愛情》〈大田〉、《包餃子的女人》小知堂出版社出版。

X FILE

張曼娟

美食是她的能源，旅行是她的翅膀；
在文學長河裡，她擺渡自己，也擺渡一群年輕作者到美麗遠方。
短篇小說、長篇小說、散文、隨筆，都是她的書寫，
廣播節目主持人、電視節目主持人、東吳大學副教授、紫石作坊總策劃、作家，
都是她的身分；
在書寫與書寫、身分與身分之間，
她其實只是個用女人的眼睛看世界的孩子。
最近的出版品包括：藏詩卷ⅠⅡ《愛情，詩流域》、《時光詞場》（麥田）、短篇小說《彷彿》（皇冠）、都會隨筆《幸福號列車》（時報）。

X FILE 吳家宜

獅子座，東吳大學中文系。

不喜歡固定，卻又害怕變動；不喜歡說話，卻在人前滔滔不絕；希望自己優雅成熟，卻喜歡笑起來像孩子的人。如此反覆為難自己，並且樂此不疲。

已出版《冒險的夏天》（麥田）

X FILE 鄒馥曲

出生，源於國共對立。和許多人一樣，擁有本省母親，外省父親。

書寫，源於對生命本質的追尋，亦源於對組織文字、羅織情節的癖好。

作品散見各媒體，容易翻見的有：

〈夜〉（聯合文學網站）、〈兩個人的黑〉（停電之夜愛情故事）、〈玉刀〉（分載於推理雜誌、2001年6、7、8月份，200期至202期。）

X FILE 吳雅萍

現就讀東吳大學中文系。

踩過歲月、踩過心上後，強烈地想要再寫些什麼下來，沒有畫線沒有拘束，筆才能在紙上任意奔跑。

已經過去的回憶、過去的歲月，在塵封的鐵櫃中不經意地被翻開，氤氳起一陣噴噓之後，又鎖上了。而今留下的隻字片語，倘在若干年後被發現，注視的那一雙眼瞳，又將以怎樣的心情看待，這一世的風華與沉默？

回不去絢爛的昨日，不過依然記得。

作品〈杜鵑花名片〉收錄於《停電之夜愛情故事》（大地）。

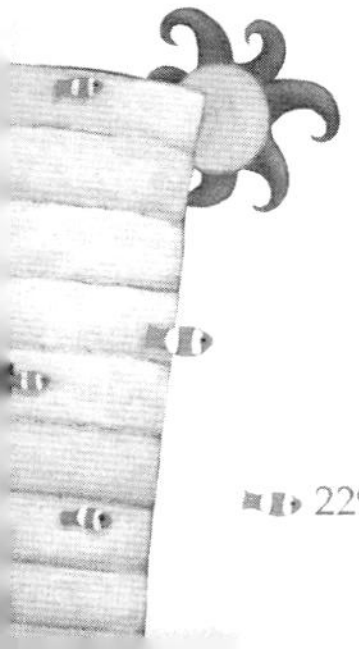

X FILE 陳國偉

一九七五年出生於基隆。目前就讀於中正大學中文所博士班，碩士論文研究的是朱西甯的系列小說。

嗜聽古典音樂，嗜愛巴哈，嗜迷於理性與秩序的世界。

然而呼吸中又充滿著急促而抑鬱的欲望，想要遊蕩，想要瘋癲，想要對世界說話，於是口是緘默的，但書寫卻在指間流動。

曾獲中央日報文學獎散文第一名、小小說獎；全國學生文學獎大專新詩獎；桃城文學獎散文、新詩第二名；雙溪文學獎小說獎、散文獎。作品〈站在我身邊Stand By Me〉收錄於《停電之夜愛情故事》（大地）。

X FILE 阿　法

山田詠美說：「談一次戀愛，可以寫一百個愛情故事。」我談過的戀愛雖然十個手指還數不全，但寫五、六百個愛情故事也不成問題。一個作家一生寫五、六百篇小說，也算了不起的作家了。於是從現在開始，認真地思考這個問題。

X FILE 黃文鉅

一九八二年生於新竹，牡羊座。

現就讀大華技術學院資訊管理系，左手寫程式，右手卻執迷要耽溺在文學的海洋，因此，腦筋常會不自覺就失去了平衡。

寫散文，寫小說，也能寫新詩，朋友老習慣把他當作文藝書生看待，其實他偶爾也可以搞笑到讓你崩潰不已呢。

18歲那年，曾經很僥倖的獲得了全國學生文學獎。

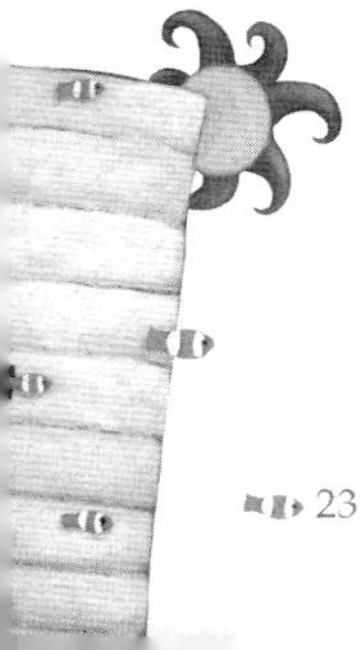

國家圖書館出版品預行編目資料

百貨公司綁架愛情故事 / 張曼娟等著.
--一版 -- 臺北市：大地，2001（民90）
面；　　公分.--（愛情路標：2）

ISBN 957-8290-48-9（平裝）

857.61　　　　90006090

百貨公司綁架愛情故事

愛情路標 02

著　　者：張曼娟 等
創 辦 人：姚宜瑛
發 行 人：吳錫清
主　　編：陳玟玟
策　　劃：紫石作坊
出 版 者：大地出版社
社　　址：台北市內湖區內湖路二段103巷104號
劃撥帳號：0019252-9（戶名：大地出版社）
電　　話：(02)2627-7749
傳　　真：(02)2627-0895
E-mail：vastplai@ms45.hinet.net
印 刷 者：久裕印刷股份有限公司
一版一刷：2001年9月
定　　價：149元

Printed in Taiwan

大地大地大地大地大地大地大地大地大地大